Für meine Frau Antje, die mir wieder in dieser schwierigen Zeit den Rücken frei gehalten hat. Nur durch dich kann ich meinen Traum leben.
Ich liebe dich über alles!

Roy Jacoby
15370 Fredersdorf-Vogelsdorf
E-Mail: roy@royjacoby-autor.de

Der beste Freund 2
(Mutter)
1. Auflage

Coverdesign: eBookerei
Covergrafiken: Depositphotos, Kjpargeter / Freepik
Lektorat: J. A. Dietrich
Korrektor: J. A. Dietrich
www.faselwesen.de

VORWORT

Aller guten Dinge sind drei? So einfach kann ich es mir nicht machen. Dieses Buch ist nochmal etwas Besonderes. Der erste Teil war mein Debüt. Entstanden aus einer Inspiration einer Danksagung bei einem anderen Autor. *Der beste Freund* ist dann während des Schreibens anders geworden, als ich es am Anfang vorhatte. Vollkommen anders. Hinzu kommt, dass er keine Fortsetzung bekommen sollte, auch wenn das Ende regelrecht danach schrie. Da kam ein wenig meine fiese Ader raus und ich freute mich händereibend auf die Reaktion der Leser*innen. »Das kann er doch nicht machen!«, war wahrscheinlich die häufigste Aussage.

Das Besondere ist auch nicht, dass es in der Zeit geschrieben wurde, als die zweite Corona-Welle ausbrach. Auch ich musste in Quarantäne, bis dann die beruhigende Nachricht kam, mein Test ist negativ. Auch meine privaten Lebensumstände, die es mir zwischenzeitlich fast nicht möglich machten, dieses Buch zu schreiben, sind nicht der Grund, warum ich es als besonders deklariere. Ein paar Fans haben doch tatsächlich auf Instagram eine Art Petition gestartet, die da hieß, ***es muss unbedingt eine Fortsetzung geben.*** Das hat mich absolut verblüfft, auch wie vehement dies gefordert wurde (und das meine ich überhaupt nicht negativ). Erst habe ich mich gesträubt, aber als dann eine Leserin mir tatsächlich ihre persönlichen Gedanken schickte, wie sie sich eine Fortsetzung vorstellen würde (und die waren wirklich detailliert und ziemlich gut), begann ich Blut zu lecken (nein, nicht im wahrsten Sinne des Wortes, auch wenn viele Leser*innen sich das so bei einem Thriller-Autor vorstellen). Unter der Dusche (wo auch sonst) kamen mir dann die Ideen und plötzlich war ich Feuer und Flamme.

Hier ist es nun, mein drittes Buch (immer noch vollkommen surreal für mich), der zweite Teil vom *besten Freund.*

Übrigens, für uns Autoren sind Bewertungen lebenswichtig. Am besten bei Amazon. Außer, Ihnen hat das Buch nicht gefallen. Dann dürfen Sie mir das natürlich auch mitteilen, aber da wäre es schön, wenn Sie es mir direkt mitteilen. Im Endeffekt ist alles Geschmacksache und das ist auch gut so.

Jetzt wünsche ich Ihnen viel Spaß und ein paar spannende Lesestunden, und vielleicht sehen wir uns ja bei der Danksagung wieder.

Ihr Roy Jacoby

PROLOG

»Wir können uns nicht mehr sehen. Das heute war das letzte Mal«, sagt der Mann mit erstickender Stimme und geht zum Fenster.

Sie zieht die Bettdecke über ihren nackten Körper und richtet sich auf, sodass sie ihn besser betrachten kann. Er ist für sie nur eine scharf geschnittene Silhouette, so wie er da vor dem Fenster im Vollmond steht. Die Glut seiner Zigarette glimmt mehrmals hintereinander auf, da er hastig zu rauchen scheint. Sie denkt über seinen Satz nach und versteht die Welt nicht mehr. Nach all den Liebesbekundungen, die er ihr noch vor Sekunden gemacht hat, können das jetzt nicht wirklich seine Worte gewesen sein. Ihr Mund ist trocken.

»Was meinst du? Musst du weg? Was meinst du mit *letztes Mal*?«, sprudeln die Worte aus ihr heraus. Sie hofft, dass sie sich verhört hat. Ja, sie muss ihn falsch verstanden haben. Sein Schweigen, das für sie unerträglich wird, erfüllt den Raum mit einer grausamen Stille. Sie springt auf und geht zu ihm. Schmiegt sich von hinten an seinen Körper. Mit einer schnellen Bewegung stößt er sie zur Seite. Sie lässt nicht locker.

»Dirk, rede mit mir. Was habe ich dir getan?«, fragt sie mit zitternder Stimme. Sie geht wieder auf ihn zu. Langsam, einen Fuß vor den anderen.

»Dirk, bitte, tu mir das nicht an. Wir haben letztens davon geredet, dass wir zusammenziehen werden. Wir stehen doch zu unserer Liebe. Was soll das jetzt?« Sie hat ihn wieder erreicht. Diesmal hebt sie nur die Hand, legt sie auf seinen Arm. Zaghaft.

Dirk zieht hastig weiter an seiner Zigarette, sucht nach Worten. Schaut sie nicht an, damit sie die Tränen nicht sieht, die sich jetzt in seinen Augen bilden. Atmet schwer. Versucht, tief Luft zu holen. Einmal, zweimal, dann mit fester Stimme, die sich nicht mehr wie ein Liebender anhört, eher wie ein Chef oder ein anderer Befehlsgeber:

»Du wirst eine neue Aufgabe bekommen. Auch deshalb müssen wir uns jetzt trennen.« Der harte Klang seiner Worte schmerzt ihn selbst. Er darf ihr jetzt nicht in die Augen schauen, sonst sieht sie seine Verzweiflung. Das würde es nicht besser machen. Ihr Blick brennt sich in seinen Hinterkopf. Seine Zigarette besteht nur noch aus dem Filter, das Feuer ist aus. Trotzdem zieht er daran wie ein Besessener, als hoffte er, sie damit wieder entflammen zu können. Die Zigarette, Sinnbild ihrer Beziehung. Aus und nicht wieder entflammbar?

»Was soll das alles?«, flüstert sie und die pure Verzweiflung liegt in ihrer Stimme. »Was hat eine neue Aufgabe mit uns zu tun? Die Partei und unsere Liebe sind zwei Paar Schuhe. Egal mit was ich betraut werde, ich will mit dir zusammen sein und du willst das doch auch. Bitte, Dirk, schau mich an. Rede mit mir. Was ist passiert? Es muss irgendetwas Schreckliches sein, dass du plötzlich deine Meinung änderst. Das Schlimme ist, du hast gerade noch mit mir geschlafen, obwohl du doch schon längst wusstest, dass du es beenden wirst.« Sie macht eine Pause. Beißt sich auf ihre Lippen, um den Schmerz, der in ihrem Inneren tobt, damit abzulenken.

Dirk malmt mit den Zähnen, er hatte gehofft, er könnte es einfach so beenden, weil *die* es so wollen. Aber sie hat recht, er hätte nicht noch einmal mit ihr schlafen sollen, das war reiner Egoismus. Er wollte sie noch einmal spüren, wollte nochmal erleben, wie es wäre, wenn es für immer wäre. Hat sich damit selbst gefoltert. Wenn er bei ihr bleibt, ist sie in Gefahr. Wenn sie den Auftrag nicht erfüllt, ist ihre Familie, sind ihre Freunde nicht mehr sicher. Niemand lehnt sich auf gegen den Apparat, gegen die Partei, gegen das System. Niemand. Er lässt es zu, dass die Wut in ihm aufsteigt. Er braucht sie jetzt, sonst erliegt er seinen Emotionen. Abrupt dreht er sich zu ihr, greift ihre Schultern und zieht sie zu sich heran. Seine Augen flackern, aber es ist nicht die Wut, sondern die Verzweiflung, die sie dazu bringt.

»Hör mir zu«, sagt er mit aggressiver Stimme. »Du machst, was *die* sagen. Von Anfang an hast du gewusst, auf was du dich einlässt. Du wusstest, dass es kein Privatleben mehr geben wird. Du wolltest es so. Erstens ist deine Aufgabe so gestrickt, dass wir auf keinen Fall mehr zusammen sein können. Zweitens habe ich etwas getan, was dich, deine Freunde und deine Familie in Gefahr bringt,wenn man herausbekommt, dass wir zusammen sind.«

Es bummert an der Wohnungstür. Verschreckt presst die Frau sich an Dirk. Er nimmt ihren Kopf, schaut sie sehnsüchtig an.

»Da sind *sie*, wenn sie uns zusammen sehen, wirst du das dein Leben lang spüren müssen und das möchte ich nicht, weil ich dich über alles liebe. Jetzt müssen wir Abschied nehmen! Für immer.«

Bevor sie etwas erwidern kann, küsst er sie. Mit aller Macht muss er sich von ihr losreißen. Er schnappt sich seine

Sachen und streift sie über. Hose, Hemd, Halfter, Lederjacke. Er schlüpft in seine Schuhe und wendet die gesamte Zeit nicht den Blick von ihr.

»Du lügst sie nicht an. Versprich mir das. Ich war hier und bin abgehauen. Die Aufgabe, die sie dir geben, nimm sie an. Ich flehe dich an, nimm sie an, auch wenn sie noch so abscheulich ist. Hast du mich verstanden?«

Sie starren sich an. Sie weint, kann kaum atmen. Er schüttelt sie.

»Hast du mich verstanden?«

Ihre Augen sind aufgerissen und lassen die Tränen ohne Unterlass laufen.

»Dirk, nimm mich mit. Bitte nimm mich mit!« Sie krallt sich in seine Arme. Er reißt sich von ihr los, schubst sie weg. Es ist ihr egal, schluchzend wirft sie sich an ihn.

»Bitte, Dirk, nimm mich mit! Verlass mich nicht. Dirk, bitte, ich liebe dich.«

Das Klopfen an der Tür wird heftiger. Eine Stimme brüllt:

»Frau Kaufmann, öffnen Sie sofort die Tür. Wir wissen, dass Sie da sind. Ich zähle bis drei, dann brechen wir sie auf.«

Noch einmal küsst er sie, ihre Fingernägel graben sich in seine Haut. Keuchend schiebt er sie wieder weg. Mit einer schnellen Bewegung zieht er seine Waffe. Die Frau reißt ihren Mund auf, will etwas sagen, will schreien. Die Wucht der Kugel lässt sie taumeln. Ungläubig fasst sie sich an die Schulter und betrachtet anschließend das Blut an ihrer Hand. Dann schaut sie wieder zu Dirk. Ihr leidener Blick lässt sein Herz zerspringen. Ein dumpfer Schmerz zieht durch seinen Körper. Im Hintergrund wird die Wohnungstür aufgebrochen. Befehle erschüttern die Luft. Die Frau sinkt wie in Zeitlupe zu Boden. Ein letzter Blick.

»Es tut mir leid. Ich werde dich für immer lieben«, sagt

Dirk, dreht sich um und feuert mehrmals auf das geschlossene Fenster. Die Scheibe zersplittert in Millionen winziger Scherben. Ohne sich noch einmal umzudrehen, springt er hindurch, während mehrere Polizisten den Raum betreten. Die Frau verliert das Bewusstsein und fällt in eine tiefschwarze Dunkelheit.

1

»Ich finde das total gruselig, hier reinzugehen, wenn man weiß, dass Sie nicht mehr lebt.«, sagt Caro und schaut mich ängstlich an. Während ich den Schlüssel ins Schloss stecke, versuche ich, sie nicht anzuschauen, denn alles in mir möchte laut loslachen. Ich liebe es, wenn sie sich fürchtet. Dann kann ich den großen starken Beschützer spielen. Ich rüttele am Schlüssel. Heiser sage ich:

»Es schließt nicht.« Ich verharre, erahne ihre aufgerissenen Augen. Blitzschnell drehe ich mich zu ihr.

»Buh!«

Sie zuckt zusammen und fasst sich instinktiv an ihre Brust, in Höhe des Herzens.

»Bist du irre?«, fährt sie mich an. »Ich hätte mir beinahe eingepinkelt.«

Ich grinse sie an, während ich meinen Körper an ihren presse.

»Das werde ich wohl gleich mal untersuchen müssen«, sage ich lachend und drehe mit der freien Hand den Schlüssel im Schloss. Die Tür springt auf, was Caro mit einem Schrei quittiert. Mit aller Kraft muss ich sie und auch gleichzeitig das Gleichgewicht halten, sonst würden wir zu

Boden stürzen. Ich drücke sie an die Wand des Flures. Möchte sie küssen, doch mit dem Eintritt in die Wohnung überkommen mich Gefühle der Trauer, vermischt mit den Erinnerungen meiner Kindheit. Ich schaffe es, ihr einen flüchtigen Kuss auf die Stirn zu geben. Dann lasse ich von ihr ab und gehe zwei Schritte zurück. Sie schaut mich verständnisvoll an.

Wir sind in der Wohnung meiner Mutter, die vor einem Monat nach langer, schwerer Krankheit gestorben ist. Erst heute hatte ich den Mut und die Kraft gehabt, endlich ihr Zuhause aufzusuchen. Die Miete ist noch für einen Monat gezahlt. So viel Zeit habe ich noch, um mir Gegenstände der Erinnerung zu nehmen, bevor ein Unternehmen alles in den Sperrmüll bringt.

Meine Gedanken schweifen zurück in der Zeit. Ich bin wieder der kleine Junge. Höre, wie meine Mutter nach Hause kommt.

»Ricksi, Mutti ist da und wenn du mir beim Ausräumen der Beutel hilfst, bekommst du eine Überraschung von mir.« Als würde ich einen alten Film von mir gucken, sehe ich mich, wie ich freudestrahlend durch den Flur Richtung Küche flitze. Lachend nimmt sie mich in die Arme, hebt mich hoch und dreht sich mit mir, einmal, zweimal, dreimal, und setzt mich dann wieder ab.

»Warst du wieder lieb?«, fragt sie mich und gibt mir einen Kuss auf die Nase.

»Klar Mama, ich bin doch immer lieb.«

Mich von außen in einem Film zu sehen fühlt sich schon eigenartig an, aber auch noch meine Stimme von damals zu hören ist vollkommen absurd.

»Ricksi, alles gut?«, fragt Caro mit jeder menge Empathie in der Stimme. Ich schaue sie verdattert an und brauche einen Moment, um wieder im Hier und Jetzt zu sein.

»Ja, Babe, alles gut. Geh du schon ins Wohnzimmer, ich muss erst mal ...«

Sie unterbricht mich, indem sie mir einen Finger zärtlich auf den Mund presst.

»Alles gut, mein Schatz, geh du in dein Zimmer.« Sie streicht mir über die Wange und mich überzieht eine Gänsehaut. Wir sind fast auf den Tag genau drei Jahre zusammen und mir kommt es vor, als wären wir schon seit Ewigkeiten ein Paar. Sie kennt mich mittlerweile in- und auswendig. Wir lieben uns nicht nur, sondern sind seelenverwandt, sind die besten Freunde, auch wenn sie hin und wieder eigenartig ist. Zudem haben wir schon in kürzester Zeit Sachen durchgemacht, davon können andere Pärchen nur träumen. Obwohl es dann Albträume wären.

Als ich mein Jugendzimmer betrete, erwischt mich die Wehmut mit voller Wucht. Meine Mutter hat alles so gelassen, wie ich es damals verlassen habe. Sie fehlt mir, mein Magen zieht sich zusammen bei dem Gedanken, dass ich sie unwiderruflich nicht mehr sehen werde. Ehrfürchtig schaue ich mich um. Die gutmütigen Augen von Bud Spencer zwinkern mir von einem Plakat über meinem Bett zu. Alte, längst vergessene Gerüche kommen zurück, als ich das Spielzeuggewehr sehe, das unter dem Winnetou-Bild hängt. Was habe ich gerne den Geruch von Knallplätzchen eingeatmet. Irre, was das mit einem macht. Mit einem Schlag ist man in der Vergangenheit.

Caros Ruf reißt mich aus der Nostalgie heraus. Ich habe nicht verstanden, was sie gerufen hat, aber irgendwie klang es ängstlich.

»Rick? Bitte komm schnell her!«

Ich springe auf. Das klingt sogar sehr ängstlich. Ich will losrennen, da kommt mir die Erinnerung, wie ich sie an der Wohnungstür erschreckt hatte. Das ist die Retourkutsche, die Angst ist gespielt.

»Rick, das ist kein Spaß, bitte komm her.« Dann verstummt sie, als würde ihr jemand den Mund zuhalten. Quatsch, wovor soll sie Angst haben, wir können hier nur alleine sein. Um den Schein zu wahren, rufe ich:

»Babe, ich bin gleich bei dir! Ich rette dich.« Es fällt mir schwer, das mit einer aufgeregten und ängstlichen Stimme zu formulieren. Eher muss ich das Lachen zurückhalten. Na gut, drehen wir den Spieß um. Ohne ein Geräusch zu verursachen, schleiche ich mich durch den Flur zum Wohnzimmer, wo ich sie vermute. Die Tür ist nur angelehnt. Ich presse eine Hand auf den Mund, weil ich am liebsten losprusten möchte. Mit der Schulter stoße ich sie auf und springe in den Raum. Mir verschlägt es die Sprache. Das Buh bleibt mir regelrecht im Hals stecken. Meine Arme, die ich in typischer Erschrecker-Pose aufgerichtet habe, sinken herunter, ohne dass ich dagegen etwas tun kann. Mein Mund steht offen, meine Augen sind weit aufgerissen. Carola steht zitternd vielleicht zwei Meter vor mir. Ihre Angst steht ihr ins Gesicht geschrieben. Ein großer, schlanker älterer Mann steht neben ihr und hält ihr eine Waffe an den Kopf. Ungläubig wandern meine Augen zwischen dem Mann und Caro hin und her. In mir ist noch ein Rest Hoffnung, dass es sich doch nur um einen Scherz handeln kann, aber sie schwindet mit jeder Sekunde, in der ich das Bild vor mir richtig erfasse. Ich suche verzweifelt nach Worten und kann mich nicht sofort entscheiden, wen ich von den beiden zuerst ansprechen soll. Die Entscheidung nimmt mir Caro ab.

»Wer ist das, Rick? Ich habe Angst«, sagt sie mit schluchzender Stimme. Auch bei ihr schwingt noch Hoffnung mit, ich könnte den Mann engagiert haben, um sie ein weiteres Mal zu erschrecken. Aber auch bei ihr wird diese Hoffnung schwinden, denn ein Klicken macht klar, dass die Situation todernst ist. Es schnürt mir den Hals zu, als ich den nassen

Fleck auf Caros Hose sehe, der langsam größer wird. Das löst endlich den Beschützerinstinkt in mir aus.

»Nehmen Sie die Waffe runter, was soll der Scheiß.« Meine Stimme ist brüchig, aber mit jedem weiteren Wort festigt sie sich. »Hören Sie nicht? Sie sollen die scheiß Waffe runternehmen! Was wollen Sie, wer sind Sie? Wie sind Sie hier reingekommen?«

Mir ist bewusst, dass das alles Fragen sind, die uns hier gerade nicht unbedingt aus der Situation rausholen. Seine Reaktion sieht man nicht in seinem Gesicht, sondern an der Handlung, die er ausführt. Er drückt seine Waffe an Caros Schläfe, als würde er in sie hineinbohren wollen. Sie keucht auf. Tränen laufen über ihr Gesicht. Jetzt werde ich auch endlich wütend. Meine Fäuste ballen sich.

»Sie sollen die Waffe runternehmen, sehen Sie nicht, was Sie ihr für eine Angst einjagen!«, schreie ich ihn an. Das Adrenalin peitscht durch meinen Körper. Ich presse die Zähne zusammen.

»Brüllst du mich noch einmal an, drücke ich ab.« Seine Stimme ist vollkommen unaufgeregt und das löst Panik in mir aus. Sofort erschlafft alles an mir.

»Was wollen Sie?«, flüstere ich, weil mir mit einem Schlag auch die Stimme versagt.

»Mein lieber Rick, ich würde sagen, du lässt einfach diese dummen Spielchen und gibst mir, was ich will.« Seine ruhige Stimme macht mich fertig. Es ist dieses typische Gefühl, wenn man ungerecht behandelt wird, das jetzt von mir Besitz ergreift. Ich weiß einfach nicht, was er will, bin vollkommen überfordert. Mein Mund trocknet aus. Die Verzweiflung in mir wird immer größer. Das Keuchen von Caro ist überlaut in meinen Ohren zu hören. Mein Atem geht stoßweise und mir ist, als ob jemand die Luft aus dem Raum entfernt. *Tu doch was, Rick*, ruft eine Stimme in mir, sehr überzeugend klingt sie aber nicht. Worte. Mir fehlen die richtigen Worte. Ich möchte mein Gegenüber nicht verärgern, aber umgekehrt weiß ich einfach nicht, was das hier alles soll. Ich versuche es nochmal.

»Bitte, wir sind hier bei meiner Mutter in der Wohnung, wollten nur ein paar Erinnerungstücke mitnehmen, dann wieder gehen. Ich kenne Sie doch gar nicht, ich weiß einfach nicht, was Sie von mir wollen.«

Ein Schuss lässt mich zusammenfahren. Der Schrei von Caro zerfetzt meine Sinne. Alles fängt an sich, zu drehen, als ich die Situation erfasse, was gerade passiert ist. Caro krümmt sich, fasst sich an ihr rechtes Bein und wimmert. Dann lässt sie sich auf den Boden gleiten. Ich sehe das Blut, das viele Blut, das aus ihrer Wade kommt. Ich krächze ihren Namen, mein Körper will nach vorne schießen, aber die Waffe, die jetzt auf mich gerichtet ist, lässt mich erstarren. Caros schmerzvolles Wimmern ist wie ein monotoner Soundtrack. Ich sinke auf die Knie, kann mich nicht mehr halten.

»Bitte.« Mehr kommt nicht aus mir heraus. Der Mann hockt sich jetzt vor mich hin, drückt die eben abgefeuerte Waffe an meine Stirn. Der Lauf ist heiß und brennt sich in meine Haut, aber ich verspüre gerade keine Schmerzen, da mein Adrenalin die Oberhand behält.

»Keine Spielchen hatte ich doch gesagt. Ich habe hier keine Zeit, ewig mit dir zu diskutieren. Dachte eigentlich, dein Vater, der, wie sagt man, ein harter Hund war, hat dir etwas beigebracht oder dir etwas von seinen Genen abgegeben, aber dem ist ja nicht so, wie ich gerade bemerke.«

Mir ist gerade alles egal. Ich gebe auf.

»Heh Mann, scheiße, Sie kennen meinen Namen, Sie kennen meinen Vater. Das nutzt aber alles gar nichts, wenn Sie mir nicht sagen, was Sie von mir wollen.« Ich schließe die Augen, da wieder das Klicken erklang. Sekunden, die mir wie eine Ewigkeit vorkommen, passiert nichts, außer ...

Ich öffne die Augen wieder. Die Erkenntnis, dass das Wimmern aufgehört hat und das Bild von Caro, wie sie mit der wertvollen chinesischen Vase auf uns zugestürmt kommt, kommen synchron. Obwohl alles in sehr kurzen Abständen passiert, sehe ich auch das verdutzte Gesicht des Mannes, der fast im selben Moment die Waffe von mir nimmt und dann unter den wie in Zeitlupe herumfliegenden Scherben verschwindet. Sein Aufbrüllen ist wie ein Rauschen für mich. Ich spüre die Scherben, die auch an meinem Kopf fliegen und merke nur einen Bruchteil später, wie mir Blut von meiner Stirn in die Augen tropft. Der Mann sackt zusammen, aber Caro schlägt mit den Resten der Vase, die sich noch in ihren Händen befindet, weiter auf ihn ein. Instinktiv halte ich sie auf und weiß in dem Moment selber nicht, wie ich so schnell aus meiner knienden Haltung aufstehen konnte. Ich umklammere Caro und spüre, wie sofort alle Energie aus ihr schwindet und sie an mir zusammensackt. Das Wimmern setzt wieder ein. Ich entferne mich mit ihr im Arm einige Meter von dem Mann, dessen Kopf fast gänzlich von den blau-weißen Scherben der Vase verdeckt wird. Einen Moment verharren wir so. Mein Körper genießt diese Pause und alle meine Sinne sammeln sich. Alles ging so schnell, ich habe vollkommen das Zeitgefühl verloren. Muss meine Gedanken ordnen. Ich halte Caro an den Schultern und schiebe sie so weit von mir weg, dass ich sie anschauen kann.

»Wir müssen hier weg«, sage ich und wundere mich über meine feste Stimme.

Mit tränenverschmiertem Blick sieht sie mich fragend an.

»Kannst du laufen?«

Sie öffnet ihren Mund, aber nichts kommt heraus. Ich versuche, sie weiter zu halten und trotzdem ihr blutendes

Bein zu begutachten. Vom Knie abwärts hat das Blut das Blau der Jeans in dunkles Violett verwandelt.

»Ich kann nicht mehr auftreten«, flüstert sie. Das Sprechen strengt sie an.

»Okay«, sage ich. »Dann halt dich an mir fest und versuch, nur mit dem gesunden Bein aufzutreten. Ich stütze dich. Wir müssen hier weg und die Polizei rufen, bevor der Typ wieder zur Besinnung kommt.« Wie zur Bestätigung höre ich, wie der Mann sich bewegt. Ich schaue nicht hin und laufe los. Caro ist vor Angst nicht fähig, wenigstens das gesunde Bein zu bewegen, um mich zu unterstützen. Ich muss sie regelrecht hinterherschleifen. Wir haben die Wohnungstür erreicht, die nur ein paar Meter entfernt ist, und doch kommt es mir vor, als wäre ich gerade einen Berg hinaufgerannt. Ich möchte jetzt schon eine Pause machen, aber die Geräusche aus dem Wohnzimmer geben mir zu verstehen, dass dafür keine Zeit ist. Auch Caro hat dadurch einen Schub bekommen. Sie unterstützt mich jetzt und wir versuchen, einigermaßen schnell die Treppen hinunterzukommen. Gott sei Dank hat meine Mutter im zweiten Stock gewohnt. Wir haben fast die Haustür erreicht, als wir über uns Geräusche hören. Es könnte irgendjemand im Haus sein, der gerade seine Wohnung verlässt, aber darauf können wir uns nicht verlassen. Wir müssen zum Auto kommen, dann haben wir es geschafft. Mit neuer Hoffnung wie elektrisiert, ziehe ich mit der freien Hand die Haustür auf. Die Geräusche hinter uns sprechen eine eindeutige Sprache. Es ist der Typ. Caro schreit auf. Ein Mann, der fast genauso aussieht und sogar identische Klamotten trägt, steht vor uns und hat sich anscheinend genauso erschreckt wie wir. Wir starren uns an. Er findet als Erster seine Sprache wieder.

»Herr Ender? Rick Ender?«, fragt er mit einem Ton, als hätte er mich jetzt nicht erwartet. Klar, der gehört zu dem

Typen, der laut den Geräuschen hinter uns immer näher kommt. Wahrscheinlich hat er nicht damit gerechnet, dass sein Komplize mit uns so viele Probleme haben wird. Vielleicht hatte er sogar angenommen, dass wir tot wären. Mir wird nur gerade klar, dass es jetzt schon der zweite Mann ist, den ich nicht kenne, der aber weiß, wer ich bin. Wie von selbst schwingt mein rechtes Bein mit voller Wucht nach vorne und trifft den Typen direkt zwischen die Beine. Er heult auf und krümmt sich zusammen. Das nutzen wir und schieben uns an ihm vorbei. Vor uns das rettende rote Auto von Caro, das ich zum ersten Mal, seit sie es hat, als das schönste Auto der Welt empfinde, obwohl ich es vorher immer furchtbar fand. Ein unmögliches Weinrot, viel zu klein für meine langen Beine und ein Kofferraum, der, nachdem zwei Einkaufsbeutel in ihm standen, kaum noch zuzubekommen war. Das Auto haben wir erreicht, aber ich habe Mühe, die Autoschlüssel aus meiner Hosentasche zu fingern. Der Mann hinter uns scheint sich wieder erholt zu haben.

»Herr Ender, warten Sie.« Die Tonlage dieses Mannes hört sich zwar ganz anders an als die des Einbrechers, aber vielleicht ist es auch das Adrenalin, das in mir tobt.

»Herr Ender, bitte, warten Sie.« Die Stimme kommt näher. Der Schlüssel ist endlich aus der Tasche, ich drücke den Knopf zum Öffnen der Türen. Die aufleuchtenden Blinker und die Spiegel, die sich herausklappen, schreien mir zu, *steig ein, das Auto ist offen.* Caro wird immer schwächer und für mich immer schwerer. Mühsam öffne ich die Beifahrertür. Umständlich schiebe ich Caro auf ihren Platz, will die Tür zuschlagen und sehe im letzten Moment, dass ein Bein noch herausschaut. Wertvolle Zeit vergeht, während ich das Bein hineinschiebe. Ich spüre, dass der Mann nur noch wenige Schritte entfernt ist.

»Herr Ender, bitte warten Sie, ich möchte nur mit Ihnen reden, bitte.« Die Stimme klingt verzweifelt.

Ich verstehe gar nichts mehr. Gehören die Männer doch nicht zusammen?

»Bleib stehen!«

Das ist der andere, das ist der Typ, der mich töten wird, wenn er die Gelegenheit dazu findet. Als ob ich seine nächste Aktion ahnen würde, ducke ich mich und lasse mich anschließend flach auf die Erde fallen. Genau richtig, ich spüre den Luftzug der Kugel. Blicke auf. Sehe, wie der andere Mann, der mit mir reden will, auf mich zustürmt. Der nächste Schuss fällt, der Mann zuckt, wird aus dem Laufrhythmus gebracht und schafft es trotzdem, mich zu erreichen. Ich will aufstehen, werde aber durch seine Wucht wieder auf den Boden gerissen, während ein weiterer Schuss fällt. Die Kugel schlägt knapp neben mir in den Boden ein. Der Mann, der auf mir draufliegt, rappelt sich hoch, bleibt keuchend vor mir auf den Knien und sieht mich flehend an. Ich versuche, von ihm weg zu robben, doch er kann mich am Arm festhalten.

»Bitte nehmen Sie.« Er hält mir etwas hin, ich kann es nicht erkennen, da ich abgelenkt werde vom Schützen, der, während er auf uns zu rennt, an seiner Waffe nestelt. Vielleicht muss er sie nachladen, schießt es mir durch den Kopf. Ich schaue wieder zu dem hockenden Mann vor mir. Er hält mir immer noch eine Hand hin. Instinktiv greife ich zu, spüre einen kleinen, harten Gegenstand, der in meine Hand gleitet und sehe in das Gesicht des Mannes.

»Das ist von deiner ...« Weiter kommt er nicht. Getroffen von einer weiteren Kugel bricht er zusammen, ohne auch nur einen Laut von sich zu geben. Ich weiß nicht, wie, aber ich schaffe es, hochzuschnellen, direkt hinter Caros Wagen zu springen, und bis zur Fahrertür zu robben. Ich höre Sirenen, einen weiteren Schuss und sitze plötzlich hinterm

Steuer. Drücke auf den Startknopf. Schaue nicht zu Caro, schaue nicht zu dem Schützen. Gebe Gas und streife beim Losfahren mit voller Wucht den vor mir parkenden Pkw. Aber niemand hält mich mehr auf. Niemand. Ich fahre mit völlig leerem Kopf und bemerke dann, dass ich immer noch meine rechte Hand mit dem kleinen Gegenstand zusammen presse.

2

Der Kaffee schmeckt, wie er aussieht. In diesem Krankenhaus scheint die Zeit stillzustehen. Dachte eigentlich, diese Automaten, an denen man sich entscheiden kann, ob man einen Kaffee trinken oder doch lieber eine Tomatensuppe schlürfen möchte, gibt es nicht mehr. Er ist heiß und viel mehr brauche ich gerade nicht.

Seit einer halben Stunde wird Caro untersucht. Mir kommt es wie mehrere Stunden vor. Vor lauter Sorge um sie kam ich noch nicht dazu, mir auf das, was heute alles passiert ist, einen Reim zu machen. Auch wenn es im Zusammenhang mit meiner Mutter passiert ist, glaube ich nicht, dass sie irgendetwas damit zu tun hat. Das ist alles Vaters Schuld. Nicht nur zu Lebzeiten scheint es ein Mann mit vielen Geheimnissen gewesen zu sein. Auch nach seinem Tod begleitet er mich mehr als in meiner gesamten Kindheit. Das Einzige, was ich mit Bestimmtheit weiß: Er war Major bei der Stasi. Seine Worte dröhnen noch immer in meinen Ohren. *Dir würde das Kotzen kommen, wenn du wüsstest, was ich für ein Arschloch bin.*

»Herr Ender? Rick Ender?«

Ich schrecke hoch. Mein Becher ist jetzt nur noch halb

voll. Ich beiße die Zähne zusammen, als der heiße Kaffee über meine Hand läuft.

»Was?«, ist alles, was über meine Lippen kommt. Bin überrumpelt. Ein Mann steht vor mir und schaut mich fragend an. Was für ein scheiß Tag heute. Der dritte Mann, der mich scheinbar kennt, aber von dem ich nicht weiß, wer er ist und was er von mir will. Erst jetzt fällt mir auf, dass er nicht alleine ist. Neben ihm steht eine kleine, ich will mal sagen, übermäßig rundliche Frau. Im Gegensatz zu seinem Blick, der relativ emotionslos ist, schaut sie grimmig aus der Wäsche. Der Mann fummelt an seiner Jacke herum und hält mir dann einen Ausweis hin. Bevor ich meine Augen dazu gebracht habe, zu lesen, was auf dem Dokument geschrieben steht, hat er es schon wieder in seine Jacke gesteckt.

»Ich bin Hauptkommissar Landmann und das ist meine Kollegin Radebach.« Damit zeigt er auf seine dicke Nachbarin, die ihren immer noch grimmigen Blick nicht von mir lässt. Ich nicke ihr freundlich zu und denke: *blöde Kuh*.

»Wie kann ich Ihnen denn helfen?« Ich kann nicht anders, es ist der reinste Zynismus in meiner Frage, gepaart mit einem genervten Blick. Die Frage im Kopf lautete: *Wie kann ich euch Pappenheimern helfen*.

»Das Krankenhaus hat uns kontaktiert, ihre Freundin Carola«, er schaut auf einen Zettel, den er plötzlich in den Händen hält, »Carola Bruns hat eine Schussverletzung. Rechte Wade, wenn ich meine Schrift richtig entziffere. Sie haben Frau Bruns hierher gebracht. Bei Verletzungen dieser Art ist das Krankenhaus dazu verpflichtet, Meldung bei der Polizei zu machen.« Er steckt den Zettel wieder weg.

Der behandelnde Arzt gerät in mein Gesichtsfeld und ich springe auf, will auf ihn zugehen, aber die dicke Frau Radebach stellt sich mir in den Weg.

»Setzen Sie sich wieder hin!«, zischt sie mich an. Ich

täusche links an und gehe rechts an ihr vorbei. Renne dem Arzt hinterher, der gerade Anstalten macht, in eines der Zimmer zu verschwinden. Hinter mir ein schweres Atmen. In meiner Fantasie verfolgt mich die Polizistin wie eine Furie und setzt dann, ganz in Wrestler-Manier, zu einem Sprung an. Die Fantasie fühlt sich real an, deshalb drehe ich mich blitzschnell um, aber da ist niemand. Auch das schwere Atmen muss ich mir eingebildet haben, im Zweifelsfall war es mein eigenes. Mich würde es jetzt nicht wundern, wenn Krokodile um die Ecke kämen. Ich drehe mich wieder zurück und sehe, wie der Doktor schon die Hand auf der Klinke hat.

»Herr Doktor!«, brülle ich, etwas lauter, als ich eigentlich wollte. Wie zur Bestätigung zuckt der Doktor zusammen. Ich habe ihn erreicht.

»Wie geht es Caro, ich meine, Frau Bruns?«

Der Arzt schaut mich fragend an, dann sehe ich regelrecht den Ruck in seinem Kopf, als er mich wiedererkennt.

»Ah ja, Frau Bruns. Sie hat eine Menge Blut verloren, obwohl die Verletzung nicht so schlimm ist, wie sie aussah. Glatter Durchschuss. Sie braucht jetzt Ruhe. Ich habe ihr etwas gegeben, sodass sie eine Runde schlafen kann.« Er schaut mich mit krauser Stirn an. »Sie sollten auch mal eine Mütze Schlaf nehmen. Ihre Freundin bleibt auf jeden Fall noch bis morgen in der Klinik und das, was ich ihr gegeben habe, wird sie auch direkt durchschlafen lassen.«

Er nickt mir nochmal zu und verschwindet dann im Zimmer. Erschöpfung macht sich nun auch bei mir endlich breit. Bis jetzt war das Adrenalin mein Brennstoff, aber der scheint zur Neige zu gehen. Wieder höre ich ein schweres Atmen hinter mir. Nein, ich drehe mich nicht um. Meine neue Therapeutin versucht, mir diese Einbildungen mit viel Meditation und langen Gesprächen auszutreiben. Scheint ja richtig gut zu helfen.

»Wenn Sie nicht sofort wieder an Ihren Platz gehen, nehmen wir Sie mit aufs Revier.«

Ich drehe mich um. Langsam. Möchte darauf gefasst sein, dass ich mir das wohl auch nur wieder einbilde. Nein, sie steht mit hochrotem Kopf vor mir. Jetzt bin ich mir sicher, dieser Gesichtsausdruck wurde bei ihr eingemeißelt. Außer der Farbe hat sich nichts geändert.

»Haben Sie mich verstanden?«, zischt sie mich an. Mein Gesicht muss ein einziges Fragezeichen gewesen sein, dass sie mich nochmal fragt.

»Natürlich«, sage ich kühl und dränge mich an ihr vorbei, um wieder auf der Besucherbank Platz zu nehmen. Ich setze mich neben den Kommissar, der sichtlich seine Freude an seiner Kollegin hat und sein Grinsen nicht mehr verbergen kann.

»Evelyn, dachtest du, Herr Ender rennt weg?«

Ui, sie kann doch noch einen anderen Blick. Diesen *Ich töte dich mit meinen Augen*. Wäre ich in einer anderen Situation, hätte ich mich wahrscheinlich köstlich amüsiert über die beiden, aber immer noch habe ich die aufreibenden vergangenen Stunden in den Knochen. Kommissar Landmann wendet mir wieder seinen Blick zu.

»Nun hatten wir alle unseren Spaß, aber deshalb sind wir ja nicht hier. Können Sie mir bitte erzählen, wie es zu der Schussverletzung Ihrer Freundin kam?«

Mit einem Schlag sehe ich wieder alles vor mir und je mehr ich darüber nachdenke, umso surrealer wird das Ganze. Ich erzähle ihm, dass wir bei meiner Mutter waren und warum. Wie der Typ aus dem Nichts da war und Caro die Knarre an den Kopf gehalten hat. Wie er ihr einfach ins Bein schoss, wie Caro die Vase auf seinem Kopf zerschlug. Von dem Mann, der uns vor der Haustür auflauerte. Und ich war kurz davor, ihm auch zu erzählen, dass der mir einen Schlüssel gegeben hat, aber mein Instinkt sagt mir, das sollte ich nicht tun. Die Vergangenheit hat mich gelehrt, dass man niemandem blind vertrauen darf, nicht mal, wenn er eine Uniform an hat.

Die Sätze sprudeln nur so aus mir heraus, in der gleichen gehetzten Form, wie ich auch alles erlebt hatte. Aus dem Augenwinkel fällt mir doch tatsächlich ein dritter Gesichtsausdruck der Kommissarin auf. Spöttisch, ich glaube sogar, sie schüttelt mehrmals ungläubig ihren Kopf. Landmann schreibt alles auf einen kleinen Block, den er plötzlich in der Hand hat. Oder hatte er ihn schon die ganze Zeit in der Hand und ich habe es mal wieder nicht mitbekommen? Wenn das Ding hier beendet ist, rufe ich als Erstes meine Psychologin an, um einen schnellen Termin bei ihr zu bekommen.

Dass ich überhaupt wieder eine Therapie mache, ist schon ein Wunder, nachdem meine erste Therapie in meinem Leben zu einem absoluten Albtraum wurde. Aber das ist wahrscheinlich wie mit dem Reiten, wenn man runterfällt, soll man sofort wieder aufsteigen, um die Angst zu besiegen. Wie auch immer, und das ist einzig und alleine Caros Verdienst, ich muss nicht in irgendeine Praxis gehen, sondern die Psychologin kommt zu uns nach Hause.

Ich bin fertig mit meinen Ausführungen. Es herrscht mit Ausnahme der typischen Krankenhausgeräusche Stille. Ich höre regelrecht das Rattern in Landmanns Kopf. Bei Frau Radebach ratterte nichts. Für sie bin ich wahrscheinlich ein Spinner, der sofort hinter Schloss und Riegel muss. Sie ist auch die Erste, die wieder spricht.

»Wow, was für eine tolle Story, Herr Ender. Vielleicht können Sie ja dann im Knast als Autor fungieren und Ihre Fantasie in irgendwelchen Krimis verbraten. Sie glauben doch nicht im Ernst, dass irgendjemand diesen Mist glaubt.«

Na? War da vielleicht gerade ein Lächeln bei ihr? Also nicht aus Freude, sondern so ein gehässiges.

»Dann stehen Sie mal auf, Herr Ender. Wegen des dringenden Verdachtes, auf ihre Freundin geschossen zu haben ...« Weiter kommt sie nicht. Landmann steht auf und stellt sich zwischen mich und seine Kollegin, die schon die Handschellen in der Hand hat.

»Wow, wow, Evelyn, jetzt krieg dich mal wieder ein. Hier wird keiner verhaftet.« Er schiebt sie ein Stück zur Seite und hat einige Mühe damit, da sie anscheinend nicht freiwillig das Feld räumen möchte. Sehr weit von mir entfernt bekommt er sie nicht, sodass ich alles hören kann.

»Am besten gehst du schon mal aufs Revier, ich mache hier alles Notwendige.« Seine Stimme wirkt beruhigend, jedenfalls auf mich. Bei der Kommissarin ist die Wirkung genau umgekehrt.

»Lässt du dich jetzt von dem Typen einfach so einlullen, mit seiner haarsträubenden Geschichte? Die kann nur ausgedacht sein. Die beiden Turteltäubchen haben sich wahrscheinlich gestritten, vielleicht lag die Waffe da bei der Mutter rum. Du kennst seine Akte. Der Typ ist jähzornig, hat schon mal wie von Sinnen seinen Freund vermöbelt. Da mussten erst Beamte kommen, um ihn wegzureißen. Da hat er auch ne Geschichte erzählt, von wegen er musste sie retten.« Sie versucht, an ihm vorbeizukommen. »Lass mich einfach meine Arbeit tun.«

Vorbei mit der ruhigen Art von Landmann. Er reißt sie zurück.

»Evelyn, du tust jetzt genau das, was ich sage. Ich glaube, du hast den Schuss nicht gehört. Ich kümmere mich um den Kerl. Wenn da was nicht koscher ist, bin ich der Erste, der ihm Handschellen verpassen wird. Ich werde mit ihm zum angeblichen Tatort fahren, also der Wohnung seiner verstorbenen Mutter. Du fährst entweder ins Revier oder nach Hause, damit du dich um deinen Mann kümmern kannst. Ich verstehe, dass dein Leben gerade richtig mies ist, aber darunter darf unsere Arbeit nicht leiden.«

Sie versucht nochmal, an ihm vorbeizukommen.

»Evelyn, es reicht!«, brüllt Landmann sie an.

Sie zuckt zusammen, da sie es wahrscheinlich nicht gewohnt ist, dass auch der Kommissar laut werden kann. Ein letzter alles vernichtender Blick zu mir, dann dreht sie sich wortlos um und geht schnellen Schrittes davon. Ich schaue ihr nach.

»So, Herr Ender, hier spielt die Musik.« Er dreht meinen Kopf so, dass ich ihn anschauen muss.

»Dann beweisen Sie mal, dass meine Kollegin unrecht hat und Ihre Geschichte stimmt.« Wir stehen auf. Ich dränge mich an ihm vorbei, um vorauszugehen, er hält mich am Arm fest.

»Herr Ender, ich möchte Ihnen gerne glauben und hoffe, dass Sie nicht auf die Idee kommen, Dummheiten anzustellen? Normalerweise müsste ich Ihnen tatsächlich Handschellen anlegen.«

Mein Körper spannt sich an. Ich fühle mich ungerecht behandelt. Wozu Handschellen? Spinnen jetzt alle? Ich hole tief Luft, um die aufkeimende Aggression zu vertreiben.

»Ich verstehe nicht so ganz, warum Sie mir Handschellen anlegen sollten, genauso wenig, warum ich türmen sollte. Ich habe Ihnen doch alles erzählt. Vermutlich brauche ich eher Schutz, denn der Typ wird wiederkommen und das von mir verlangen, das ich angeblich haben soll.« *Jetzt lehnst du dich aber weit aus dem Fenster*, sagt eine Stimme in mir. *Du hast es*. Wofür auch immer der Schlüssel sein soll, er ist jetzt in meinem Besitz und wenn man drei und drei zusammenzählt, wird es das sein, was der Typ in der Wohnung meiner Mutter gesucht hat. Es wird auch nichts mit meiner Mutter zu tun haben, das war eine kleine, rechtschaffene Frau, die keiner Fliege etwas zuleide tun konnte.

Ihr einziges Problem war, sie war verheiratet mit einem Vollarsch von der Stasi.

Wieder sehe ich die wenigen Bilder von ihm vor mir. Als er da saß, in Ruhe seinen Kaffee trank. Mich abschätzig gemustert hat. Das Amulett mit dem Krokodil, das an seinem Hals hing. Jetzt, wo er tot ist, habe ich mir desöfteren Gedanken darüber gemacht, wer er eigentlich war. Was gewesen wäre, wenn ich ganz normal mit ihm aufgewachsen wäre.

»Herr Ender, der Fahrstuhl ist da.« Landmann holt mich aus meinen Erinnerungen. Ich schaue nochmal den Gang hinunter und kann aus der Entfernung das Zimmer erahnen, in dem Caro liegt. Ich zucke zusammen als ein Gedanke wie eine große rote Warnleuchte in mir aufflammt. Die Tür des Fahrstuhls will sich schließen, aber ich halte ein Fuß dazwischen.

»Herr Ender, ich habe sie gewarnt«, sagt Landmann mit erhobener Stimme.

Er scheint zu denken, dass ich abhauen möchte. Ich schaue ihn mit flehendem Blick an.

»Wir können doch meine Freundin hier nicht so ungeschützt lassen.«

Er sieht mich fragend an.

»Sie haben doch nun gehört, was alles passiert ist. Was immer auch bei meiner Mutter gesucht wurde, es wurde ja anscheinend nicht gefunden«, sage ich und in meinem Kopf erscheint wieder der Schlüssel.

»Der wird doch wiederkommen, vielleicht alle Krankenhäuser abklappern. Wird Caro suchen.«

Der Kommissar verdreht die Augen und holt tief Luft.

»Bitte«, sage ich und versuche, das Flehen in meinem Blick noch zu intensivieren.

Der Kommissar greift in seine Jacke und holt sein Handy heraus. Alles kann ich leider nicht verstehen, weil er sich wegdreht. Er steckt es wieder weg und blickt mich ernst an.

»In einer halben Stunde ist ein Beamter da und bewacht das Zimmer, in dem Ihre Freundin liegt. Sie haben Glück, dass er noch einen Gefallen bei mir offen hat, denn für meinen Chef wird das einer Verschwendung von Steuergeldern gleichkommen.« Er macht eine Pause. »Können wir jetzt, Herr Ender, oder müssen Sie vielleicht nochmal auf die Toilette?« Ohne eine Antwort abzuwarten, drückt er auf einen Knopf, die Türen schließen sich und wir bewegen uns nach unten.

Ich beiße mir regelrecht auf die Zunge, da ich eine halbe Stunde recht viel finde. Noch 30 Minuten ist Caro ohne Schutz. Da kann alles passieren. An der Art des Polizisten kann ich aber erkennen, dass mehr nicht drin ist.

Wir steigen in seinen Wagen und er gibt die Adresse meiner Mutter in sein Navigationsgerät ein. Plötzlich presst mich wie bei einem Flugzeugstart ein nächster drohender Gedanke förmlich in den Sitz. Jetzt kommt es mir erst. Angeblich hat das Krankenhaus bei der Polizei angerufen und ihr das mit der Schussverletzung gemeldet. Das ist sehr merkwürdig, denn es gab eine Schießerei auf der Straße und ich bin mir ziemlich sicher, dass der Mann, der mir den Schlüssel gegeben hat, nicht mehr lebt. Warum weiß die Polizei davon nichts? Es müssen doch andere Passanten gesehen, ja sogar gehört haben. Da ist doch was faul. Sind die beiden keine richtigen Polizisten? Der eine nimmt mich mit, um angeblich meine Geschichte auf ihren Wahrheitsgehalt zu überprüfen, und die andere ist auf dem Revier oder bei ihrem kranken Mann. Hier stimmt doch etwas nicht. Jetzt ist also freie Fahrt, um zu Caro zu gelangen. Doch die kann ihnen nichts sagen und da sie alle Gesichter kennt, muss man sie aus dem Weg schaffen. Mein Gott, was macht mein Kopf wieder mit mir? Wache ich gleich auf aus einem meiner vielen Albträume? Bilde ich mir alles nur ein? Geht das wieder alles von vorn los? Kann ich überhaupt jemandem vertrauen? Ich habe keine Lust auf die ganze Scheiße. Ich habe das doch alles durch, habe meinen besten Freund und, wie sich herausgestellt hatte, sogar meinen Halbbruder verloren. Das Perverse an meinen kruden Gedanken ist, dass ich sogar manchmal an Caro zweifele und es dafür eigentlich überhaupt keine Gründe gibt. Ich schaue zu Landmann rüber und versuche, irgendeine verdächtige Regung an ihm zu finden und könnte beinahe laut loslachen, weil ich merke, wie albern das alles ist. *Ist es wirklich so albern*, fragt eine Stimme in mir. Tappe ich gerade in eine Falle?

3

Wir steigen aus und mein Hals ist wie zugeschnürt. Ich schaue mich sofort um, aber finde nichts, das darauf schließen lässt, hier hätte vor Kurzem ein Schusswechsel stattgefunden. Ich sehe kein Blut auf der Straße, so sehr ich mich auch anstrenge. Wenigstens irgendetwas von dem Auto, das ich bei unserer Flucht gerammt habe. Nichts. Bitte lass es nicht schon wieder losgehen. Ich kann mir die ganze Scheiße doch nicht wieder eingebildet haben.

»Können wir, Herr Ender?«, fragt Landmann und zeigt auf die Haustür. *Los, stell ihn hier unten zur Rede. Hier in aller Öffentlichkeit wird er dir nichts tun.* Aber dann weiß er doch, dass ich ahne, dass er kein richtiger Polizist ist, antworte ich mir innerlich. Ich hole tief Luft und folge ihm zur Haustür. Wieder fallen die vielen Stimmen in meinem Kopf über mich her. *Warum guckt er nicht selbst hier auf der Straße und fragt dich, wo denn der Kampf getobt hat? Er kennt doch die Geschichte.* Ich könnte schreien. *Renn, renn um dein Leben!* Haltet doch alle einfach mal die Klappe. Habe die Tür fast erreicht und bin hin- und hergerissen. Jetzt einfach losrennen. Ja, und dann? Wo soll ich hin? Wer wird mir glauben?

Mitten in den Gedanken bemerke ich, dass wir schon

vor der Wohnungstür meiner Mutter stehen. Toll, Rick, auch das hast du mal wieder verkackt. Die Tür ist offen und ich freue mich darüber. Wenn das kein Indiz dafür ist, dass ich mir das doch nicht alles eingebildet habe! Landmann gibt mir zu verstehen, dass ich stehenbleiben soll. Er zieht seine Waffe und presst mit der anderen seinen Zeigefinger auf seinen Mund. Das Zeichen, dass ich ruhig sein soll. Er schleicht wie auf Zehenspitzen rein. Ich gehe ihm nicht hinterher, er hat mir bedeutet, hier zu warten. Er hat mein Sichtfeld verlassen und steuert wahrscheinlich auf das Wohnzimmer zu. Da, wo alles stattgefunden hat. Er wird Augen machen. Ich halte meinen Atem an. Mein Körper ist voll unter Spannung, sodass es schon wehtut. Aber dann schieben sich wieder die Gedanken mit den falschen Polizisten in den Vordergrund. Landmann tut wahrscheinlich nur so, als ob er jeden Raum überprüfen würde. Ich schrecke zusammen, denn wie aus dem Nichts steht er wieder vor mir.

»Alles okay, Sie können reinkommen«, sagt er und macht ein Gesicht, das ich nicht deuten kann. Außerdem hat er immer noch die Waffe in der Hand. Wenn alles okay ist, dann steckt man sie doch wieder ein. Oder? In mir toben die verschiedenen Meinungen. Jetzt einfach umdrehen und wegrennen. Letzte Möglichkeit. Wie angewurzelt bleibe ich stehen. *Rick, du bist so ein Loser.*

»Ja, ich weiß«, flüstere ich.

»Haben Sie was gesagt?«, fragt Landmann und runzelt die Stirn.

»Nein«, sage ich und dränge mich an ihm vorbei. Gehe ins Wohnzimmer, wo der Kampf stattgefunden hat. Wenn er wirklich ein Polizist ist und mir meine Geschichte im Krankenhaus nicht geglaubt hat, muss er es spätestens jetzt, wenn er das Chaos im Wohnzimmer meiner Mutter gesehen hat. Ich betrete den Raum und halte die Luft an.

Mit einem gebrüllten »NEIN!« lasse ich sie wieder raus. Ich versuche stehenzubleiben. Meine Beine sind wie Pudding. Mein Magen ist ein einziger Klumpen. Mein Herz pocht mir bis in den Hals. Ein Schmerz wie eine aus dem Nichts gekommenen Migräne sticht mir im Kopf, hinter meine Augen. Ich schließe sie. Möchte einfach nur wegdämmern. Das kann doch alles nicht wahr sein. Bitte, bitte, lass es einen Traum sein. Kommt, Krokodile, versteckt euch nicht. Zeigt euch, ich brauche euch jetzt. Ich fühle den Blick von Landmann in meinem Rücken. Gleich werde ich das Geräusch der Handschellen hören. Ich bin kurz davor, ihm wortlos meine Hände zu reichen, damit er sie mir anlegen kann.

»Herr Ender …« Weiter kommt er nicht.

»Ich verstehe es doch selber nicht. Hier ist es passiert. Hier muss jemand aufgeräumt haben. Schon vor dem Kampf war hier Chaos, weil der Typ ja was gesucht hat, was er dann von mir haben wollte. Ich schwöre, es war alles so, wie ich es erzählt habe.« Die Worte sprudeln ohne Unterlass aus mir heraus.

Landmann hebt beschwichtigend die Arme.

»Herr Ender, alles gut. Ich glaube Ihnen doch.«

Ich halte inne. Er glaubt mir? Warum dann der ganze Hokuspokus?

»Auch wenn ich zugeben muss, dass sich Ihre Geschichte schon etwas hanebüchen anhört.«

Ich setze mich auf einen Sessel. Scheiße, so, wie das hier aussieht, glaube ich es ja selbst kaum. Mit einem Ruck stehe ich wieder auf.

»Herr Landmann, Sie haben doch sicher mit Caro, also meiner Freundin, gesprochen, sie wird Ihnen doch alles bestätigt haben, oder?« Das *oder* kommt zaghaft von mir.

Während er sich umschaut, schüttelt er den Kopf.

»Nein, das ist als Nächstes dran. Der Arzt hatte davon

abgeraten, da sie ja so viel Blut verloren hat.« Er schaut mir in die Augen. »Aber ich gehe stark davon aus, dass sie Ihre Geschichte bestätigen wird.« Er kommt ein paar Schritte auf mich zu.

»Setzen Sie sich mal, Herr Ender.«

Ich schaue ihn verdutzt an, aber tue, was er gesagt hat, und setze mich ihm gegenüber.

»Wir werden natürlich ein paar Beamte hierher schicken, die sich die Wohnung mal genauer ansehen. Man schafft es eigentlich nicht, in so kurzer Zeit alles so zu reinigen, dass wir da nichts mehr finden. Außerdem werden die Polizisten hier in einem großen Umkreis die Menschen fragen, ob irgendeiner etwas gesehen hat. In dem Zusammenhang, können Sie sich an irgendein bekanntes Gesicht erinnern, jemanden, der das alles gesehen haben muss?« Er lehnt sich zurück und streicht sich über den Kopf. Er scheint erschöpft zu sein, vielleicht hat er einen langen Tag hinter sich, aber er hat recht, es waren Leute unterwegs, einer muss etwas gesehen haben. Es fielen doch auch mindestens zwei Schüsse. Ich sehe wieder vor mir, wie mich eine Kugel knapp verpasst und neben mir in die Straße einschlägt. Die Stelle muss doch zu finden sein. Plötzlich kommt es mir.

»Warten Sie, ja. Ich weiß, wen wir fragen können.« Ich erinnere mich daran, wie ich hinter das Auto gekrochen bin, und als ich dann in den Wagen sprang, konnte ich den Inhaber des Lebensmittelgeschäftes gegenüber sehen. Herr Klausen, den ich von Einkäufen mit meiner Mutter kenne, stand gerade bei der kleinen Gemüseauslage vor dem Laden, als es passierte. Er hat überrascht geschaut.

»Der Inhaber des Bio-Ladens gegenüber der muss etwas gesehen haben. Was mich nur wundert, er hat mit Verwunderung geschaut und nicht, wie man eigentlich annehmen müsste, mit Entsetzen.«

Landmann hat den Kopf nach hinten gebeugt und starrt an die Decke.

»Okay, dann fragen wir ihn, wenn wir wieder gehen.« Er räuspert sich, schließt kurz die Augen und sieht mich anschließend an. Es entsteht eine Pause. Er scheint nach den richtigen Worten zu suchen.

»Wir waren ja schon so weit, dass ich Ihnen diese Story abnehme, und will mich da auch nicht an komischen Details festbeißen.« Er streicht sich wieder über den Kopf. »Wir befinden uns hier bei Ihrer Mutter.«

Ich nicke. »Ja, bei meiner verstorbenen Mutter. Sie ist schon vor drei Wochen beerdigt worden und erst heute habe ich es übers Herz bringen können, ihre Wohnung aufzusuchen.« Jetzt fällt alles von mir ab. Ich verspüre ein richtiges Schwächegefühl. Die Tränen kann ich nicht mehr zurückhalten.

»Entschuldigen Sie«, sage ich und drehe mich etwas zur Seite, während ich meine Taschentücher heraushole. Ich schnäuze und dabei fällt es mir auf. Ich spinne nicht. Ich habe es mir nicht eingebildet. Es hat sich alles genauso abgespielt.

»Da.« Ich zeige aufgeregt auf eine Stelle im Zimmer.

Landmann schüttelt den Kopf und schaut mich fragend, ja beinahe mitleidig an.

»Mensch, da!«, wiederhole ich, unbeirrt von der Reaktion des Kommissars. »Da stand sie.« Ich springe auf und gehe zu der Stelle. Am liebsten würde ich einen Tanz aufführen. Ich habe es mir nicht eingebildet. Definitiv. Landmann wird nicht nachvollziehen können, wie aufgeregt ich deswegen bin.

»Herr Ender. Was stand da?«, fragt er und spricht dabei jedes Wort ganz langsam aus, als würde ich seine Sprache nicht verstehen.

»Mann, die Vase! Diese riesige chinesische Vase.« Ich

sehe wieder Caro mit ihr in der Hand. Wie sie in unzählige Scherben zerspringt. »Sie war blau.«

»Mann, Ender, welche Vase?« Landmann ist überfordert, muss annehmen, er hat es mit jemandem zu tun, der gleich durchdreht.

»Na, die Vase, die Caro dem Typen über die Rübe gezogen hat. Hier müsste alles voller Scherben liegen.« Ich gestikuliere wild und deute auf den Teppich.

»Nix, hier liegt nichts, aber die Vase ist auch weg. Die konnten sie wohl nicht so schnell wieder besorgen und hinstellen.« Völlig beseelt setze ich mich wieder hin.

»Wer sind denn *sie*?«, fragt Landmann und seine Stimme hört sich fast schon amüsiert an.

»Mann, das weiß ich doch nicht. Aber wer in kürzester Zeit alles wieder so herrichtet, als wäre nichts geschehen, der muss schon eine Menge Personal mitbringen, um das zu gewährleisten.« Ich lehne mich zurück. »Ich bin nicht paranoid, ich bin kein Spinner«, flüstere ich.

Mit einem Ruck sitzt Landmann wieder gerade.

»Okay, wir nehmen mal an, hier sind mehrere Leute, die auf irgendetwas scharf waren, was sie hier in dieser Wohnung vermutet haben. In der Wohnung Ihrer Mutter.«

Ich schaue ihn an. Er schaut gedankenversunken an mir vorbei, hält eher einen Monolog, als dass er mit mir spricht.

»Da stelle ich mir die Frage«, führt er weiter aus, »warum gerade hier, warum bei Ihrer Mutter, und damit kommen wir zur nächsten Frage: Wer genau war Ihre Mutter?« Er macht eine Pause.

»Hä, wie meinen Sie das, wer genau war meine Mutter?« Ich halte meine Hände zusammen und tippe nervös mit den Zeigefingern aneinander.

»Erzählen Sie von Ihrer Mutter. Wie war sie, was hat sie beruflich gemacht, was könnte sie haben, dass dieser Aufwand dafür betrieben wird.«

Sie wollten den Schlüssel haben, denke ich. Laut sage ich:

»Meine Mutter war eine einfache, humorvolle Frau, die es wahrscheinlich nicht so gut hatte in ihrem Leben.« Jetzt schaue ich durch Landmann hindurch. Bekomme einen verklärten Blick und muss aufpassen, dass nicht wieder die Tränen bei mir einschießen.

»Was sie früher gemacht hat, also als ich noch ein Kind war, kann ich gar nicht genau sagen. Sie arbeitete in einem Büro. Noch so richtig wie man sich das vorstellt, an einer Schreibmaschine.« Ich denke nach. »Aber tatsächlich könnte ich nicht sagen, in was für einer Firma. Ich sehe das alles irgendwie verschwommen. Ich war viel alleine. Andererseits erinnere ich mich, dass sie auch oft zu Hause war, wenn ich mittags von der Schule kam.«

Ich weiß selbst, wie blöd sich das anhört. War viel allein und sie war oft da, aber genauso sind meine Erinnerungen. Ich zermartere mir meinen Kopf, aber mir fällt nichts weiter ein.

Landmann gibt mir die Zeit und wartet. Redet nicht dazwischen. Stellt keine weiteren Fragen.

»Nach der Wende wird das Bild wieder klarer«, sage ich. »Da hat sie in einem Reisebüro gearbeitet und das so lange, bis sie in Rente ging. Es hat uns zwar augenscheinlich an nichts gefehlt, aber ich glaube, sie hat nicht viel Geld gehabt.« Ich schaue Landmann direkt an. »Und schon gar nicht irgendetwas Wertvolles, was hier heute aber scheinbar gesucht wurde.«

Landmann macht ein gutmütiges Gesicht.

»Aber Herr Ender, wir sind uns doch einig, dass die Leute nicht aus Jux und Tollerei hier waren. Können Sie sich denn an nichts erinnern? Hatte sie vielleicht öfter Besuch? Vielleicht so einen geheimnisvollen Menschen, wo Sie in ihr Zimmer geschickt wurden, als der kam?«

Ich denke nach. Mir fällt einfach nichts ein, das uns

weiterhelfen konnte. Wie aus dem Nichts blinkt vor meinem geistigen Auge das Amulett mit dem Krokodil.

»Eher glaube ich, dass mein Vater etwas mit der ganzen Sache hier zu tun hat.«

Landmann runzelt die Stirn. »Ihr Vater? Okay, er war ein hohes Tier bei der Stasi, das wissen wir schon, aber er ist doch schon lange tot? Warum wird erst jetzt nach etwas gesucht im Zusammenhang mit Ihrem Vater? Das ergibt doch keinen Sinn.«

Ich springe auf. Wut kriecht in mir hoch. »Ja, die ganze Scheiße hier macht keinen Sinn. Das, was ich damals erlebt habe, hat keinen Sinn gemacht. So ist nun mal das Leben, Herr Kommissar, nicht immer macht alles einen Sinn.« Ich gehe zum Fenster, schaue in die Wolken, die langsam grau werden, da es mittlerweile Nachmittag ist. Gott, was habe ich denn da gerade von mir gelassen. Schöne Kalender-Philosophie. Ich drehe mich wieder um und lehne mich an die Fensterbank.

»Und was jetzt? Kann ich jetzt wieder ins Krankenhaus zu meiner Freundin fahren?«, frage ich. Aber ich habe den Eindruck, dass der Polizist mir gar nicht zu hört.

»Herr Landmann?«, frage ich etwas lauter.

»Ja, ich fahre Sie wieder zurück. Die Beamten werden ja hier gleich eintreffen und die ganze Bude auf den Kopf stellen und nicht zu vergessen vor der Haustür nach Spuren suchen. Da wird es zwar schwieriger etwas zu finden, weil garantiert schon ein paar Leute da langgelatscht sind, aber vielleicht haben wir ja Glück.« Er steht auf. »Na los, kommen Sie.«

Wortlos gehen wir die Treppe hinunter.

Ich habe schon fast seinen Wagen erreicht, da hält er mich am Arm.

»Ich würde gerne, wo wir schon mal hier sind, kurz mit dem Inhaber des Lebensmittelladens sprechen. Haben Sie noch die fünf Minuten? Ist ja auch in Ihrem eigenen Interesse.«

Ich stöhne kaum hörbar auf. Aber er hat recht, die Befragung können wir noch mitnehmen. Caro wird ja sowieso noch schlafen, so wie es der Arzt angekündigt hatte.

Wir gehen in den Laden und direkt auf eine der Kassen zu. Bevor ich Landmann darauf hinweisen kann, dass der Inhaber selbst an der Kasse sitzt, hat der Kommissar ihn schon erreicht.

»Entschuldigen Sie, wo kann ich Ihren Chef finden?«

»Moment«, sagt der Mann, ohne aufzuschauen, wer ihn denn da gerade anspricht. Er kassiert den einzigen Kunden im Laden ab und erst jetzt schaut er den Kommissar an.

Landmann wedelt mit seinem Dienstausweis und wiederholt die Frage.

»Das bin ich selbst, was kann ich für Sie tun?«, sagt Herr Klausen ernst und erwartet wahrscheinlich eine der typischen Kundenbeschwerden. Er sieht mich und seine Miene hellt sich auf.

»Hallo, Herr Ender. Mensch, das waren Sie doch vorhin. Sind Sie Schauspieler? Das war ja echt irre, was Sie da abgezogen haben.« Herr Klausen ist total aufgeregt und ich verstehe nur Bahnhof. Er dreht sich wieder zu Landmann.

»Das hätten Sie sehen sollen. Voll die Action-Szene. Vor allem echt genial gemacht. Da wurde vorher nichts abgesperrt. Bestimmt, damit es im Film authentisch rüberkommt.« Er schaut wieder zu mir.

»Stimmt doch, oder?« Zu Landmann gewandt sagt er:

»Kaum war die Szene abgedreht, kamen auch schon ein paar Transporter angerast und haben aufgeräumt. Ich glaube, man muss sich heute schon was einfallen lassen bei den ganzen Streamingdiensten. Außerdem kann ja mittlerweile jeder Idiot Filme drehen und hochladen.«

Landmanns Blick geht fragend von mir zu Klausen und

wieder zurück. Klausen kann sich kaum zurückhalten vor Begeisterung.

»Wann kann man denn den Hollywoodschinken sehen?« Er zwinkert mir zu. »Besser gesagt, wo? Kino oder auf einem der Portale? Wie heißt der Film, und haben Sie wenigstens die Hauptrolle?«

Ich setze mein bestes Lächeln auf.

»Da sage ich Ihnen noch Bescheid, keine Bange.« Klausen freut sich, denkt wahrscheinlich, er hat es mit einem waschechten Star zu tun. Bei Landmann dagegen quillen die Fragezeichen schon aus dem Kopf. Ich merke, wie er den Mann weiter ausfragen will, was ja logisch ist, da es sein Job ist. Ich schüttele kaum merklich den Kopf. Klausen schaut wieder zu Landmann.

»Was wollten Sie noch mal wissen?«

Landmann stockt, dann versucht auch er ein Lächeln.

»Nein, hat sich schon erledigt, wünsche Ihnen noch einen schönen Tag.«

Wir verlassen den Laden. Draußen fährt er mich an.

»Und was sollte die Nummer eben? Sie wissen schon, dass ich einen Job zu erledigen habe. Nur weil ich Ihnen Ihre Geschichte abnehme, sind wir noch lange nicht Best Buddys.« Er klingt leicht zornig.

»Meinen Sie nicht, dass es so besser ist? Wollen Sie dem armen Kerl wirklich erzählen, dass er einer echten Schießerei beigewohnt hat? Der macht doch nie wieder seinen Laden auf.« Mir fällt etwas ein. »Ich habe eine Idee. Schicken Sie doch noch mal einen Beamten her, der alles aufnimmt, mit dem Argument, dass es ein unerlaubter Dreh war. Vielleicht weiß der ja sogar die Nummernschilder«, sage ich und finde meinen Vorschlag richtig gut.

»Danke, dass Sie meinen Job übernommen haben.« Er fängt an zu lächeln. »Aber die Idee gefällt mir, ich werde alles veranlassen.«

Wir erreichen sein Auto und ich schaue noch mal zum Eingang des Mietshauses, in dem meine Mutter gewohnt hat. Das ist alles wie in einem schlechten Film. Meiner Freundin wurde ins Bein geschossen. Sie hat dem Schützen die Vase über den Schädel gehauen. Wir rennen raus aus dem Haus, wo ein weiterer Typ steht, der was von mir will. Wir rennen zum Auto, die Typen hinterher. Einer wird erschossen und wir flüchten mit Caros Auto. Ich schaue zu Landmann.

»Ganz ehrlich, Herr Kommissar, hätte mir einer diese Geschichte erzählt, ich hätte tatsächlich kein Wort geglaubt. So was gibt es doch wirklich nur im Kino.« Ich setze mich ins Auto.

Landmann startet den Wagen.

»Ich verstehe das alles nicht. Vor Jahren habe ich schon mal so eine Scheiße mitgemacht. Jetzt fängt das wieder an. Wenn ich an Gott glauben würde, müsste ich annehmen, er hat etwas für mein Leben geplant. Will mich irgendwelchen Prüfungen unterziehen. Bin ich ihm zu langweilig? Ja, scheiße, ich will langweilig sein, ich brauche diesen ganzen Aufregungsquatsch nicht. Bungeespringen, auf irgendwelche riesen Berge klettern, mit einem blöden Panzer fahren, das sollen andere machen. Die, die in so etwas aufgehen, aber ich bin ein ganz kleiner Wicht in diesem Leben, ich will einfach nur meine Ruhe haben.« Alles bricht aus mir heraus. Als hätte man mich in ein anderes Leben geschmissen. Ich bin vollkommen erschöpft. Grabe mein Gesicht in meine Hände und bin mal wieder kurz davor, loszuflennen. *Ist das Leben wieder scheiße zu dir*, höre ich Sebastian sagen. Mein bester Freund, mein Bruder. Ihm hätte die ganze Action wahrscheinlich gefallen. Zum ersten Mal fehlt er mir wieder. Es ist wie so eine Hassliebe. Leider ist er tot. Hat sich da in seinem eigenen Leben so komisch verstrickt, alleine schon durch das Zutun seiner Mutter.

Wenn ich nicht so ein Schisser wäre und in seiner Situation, dann hätte ich mir wahrscheinlich auch das Leben genommen. Manchmal wünsche ich mir die Neschlin, seine Mutter her. Ich bin noch nicht fertig mit der Scheiße von damals und ich hätte gerne einen Schuldigen, in dem Fall eine Schuldige, der ich noch mal alles an den Kopf werfen kann. Die bestraft wird, dann könnte ich vielleicht besser schlafen. Aber die blöde Kuh hat sich aus dem Staub gemacht. Wahrscheinlich war ihr der Tod ihres Sohnes vollkommen egal, hat nur an sich gedacht.

Das Klingeln von Landmanns Handy holt mich wieder ins Hier und Jetzt. Er geht ran.

»Ja«, ist alles, was er sagt. Ich beobachte ihn und als ich sehe, wie sich sein Gesicht verfinstert, werde ich ganz steif. Spüre, wie mein Herz im Hals schlägt. Ohne dass er ein Wort sagt, ahne ich etwas. *Bitte nicht.* Er legt auf und blickt starr geradeaus. Für einen Moment schaltet sich die Welt rings um mich aus. Langsam dreht sich sein Kopf zu mir. Noch bevor er seinen Mund öffnet, schießen mir die Tränen in die Augen.

»Ihre Freundin ist verschwunden.«

4

Wir steigen aus dem Auto aus. Der Polizist, der auf Caro aufpassen sollte, empfängt uns schon am Krankenhauseingang. Ich schiebe ihn zur Seite und fange an zu rennen.

»Ender, warten Sie. Ender, das hat doch keinen Sinn!«, ruft mir Landmann hinterher.

Ja, für dich macht alles keinen Sinn, das habe ich schon verstanden. Kurz bevor ich den Fahrstuhl erreicht habe, schließt sich die Tür. Na klar. Was auch sonst. Ich schaue mich um und entdecke die Treppe. Nehme mehrere Stufen auf einmal. Das sollte ich bleiben lassen. Schon nach wenigen Sätzen bleibt mir die Luft weg. Ich muss anhalten. Verschnaufen. *Ganz große Klasse, Rick.* Mir fällt auf, dass ich Idiot gar nicht weiß, in welchem Stockwerk Caros Zimmer war. Wird ja immer besser. *Mann, Rick du bist doch einfach zu allem zu blöd.* Okay, Luft holen, ruhiger atmen. Geht nicht, denn plötzlich manifestiert sich ein Gedanke in mir. Vielleicht ist sie noch hier? Vielleicht hat sie mitbekommen, dass der Mann wieder da ist, und hat sich versteckt. Da sie wahrscheinlich auch nicht mehr weiß, wem sie trauen kann, hat sie sich auch dem Polizisten nicht zu erkennen gegeben.

Die erste Etage habe ich erreicht, aber irgendwas sagt mir, wahrscheinlich mein Instinkt, sie war im zweiten Stock untergebracht. *Nee, ist klar Rick, dein Instinkt. Du kannst froh sein, wenn du weißt, wie das geschrieben wird.* Weiter gehts. Mühsam erreiche ich das nächste Stockwerk und schaue mich um. Ja, da ist die Bank, wo ich gesessen habe und wo mich die beiden Polizisten vernehmen wollten. Dann ist da am Ende des Ganges das Zimmer, in dem Caro lag. Ich gehe schnellen Schrittes darauf zu. Mein Herzschlag verdoppelt sich, auf jeden Fall fühlt es sich so an. Vorsichtig drücke ich die Klinke herunter. Meine rechte Faust ballt sich. Als könnte ich damit irgendetwas anfangen. Ich kann weder richtig zuschlagen noch könnte ich vor einer Gefahr wegrennen, das hat mir gerade der Gang über die Treppe gezeigt. Die Tür quietscht dramatisch, während ich sie langsam öffne. Das Bett ist wirklich leer.

»Caro?«, flüstere ich. »Babe?«

Das überhöhte, unbarmherzige Schlagen meines Herzens zerreißt mir fast die Brust. Ich gehe in die Hocke und lasse mich auf die Knie gleiten. Mit einer schnellen, ruckartigen Bewegung schaue ich unter das Bett. Nichts. Keine wimmernde Caro, die herausgekrochen kommt, wenn sie mich sieht. Rechts steht ein Kleiderschrank, groß genug, um vielleicht Caro darin zu verstecken. Zitternd gehe ich auf ihn zu. Nehme den Knauf in die Hand und zähle innerlich bis zwei.

»Drei!«, sage ich laut und ziehe mit Schwung die Schranktür auf. Nichts. Gegenüber vom Schrank ist der Waschraum, die Toilette. Hoffnung macht sich in mir breit, verschwindet aber genauso schnell wieder, als ich mich der Tür nähere und den Gedanken habe, dass der Mann wohl auch da reingeguckt haben wird, wenn er denn hier war. Wieder Hand auf die Klinke und bis drei zählen. *Mann, Rick, so ein Schwachsinn. Öffne doch einfach nur die Tür.* Ich reiße sie auf und schrecke zusammen, da hinter mir die Zimmertür quietscht. Ich schnelle herum. Landmann. Alleine, ohne den Beamten, der auf Caro aufpassen sollte. Ich habe das Gefühl, dass ich gleich brechen muss.

»Ender, wären Sie nicht gleich vorgerannt, hätten Sie vom Kollegen gehört, dass Caro weg ist, und ...«

Ich lasse ihn nicht aussprechen. Meine gesamte Wut, die wie aus dem Nichts in mir aufsteigt, kanalisiert sich in meinen Händen. Ich rase auf ihn zu, schließe meine Augen und schlage wie ein Geisteskranker auf den Kommissar ein.

»Warum haben wir nicht gewartet! Es ist alles Ihre Schuld!«, schreie ich ihn an. Na ja, es ist mehr ein schreckliches Jaulen, das aus meinem Mund kommt.

Er hält, ohne sich groß anstrengen zu müssen, meine Arme fest.

»Mann, Ender kriegen Sie sich wieder ein. Was soll denn das jetzt noch bringen.«

Ich breche schluchzend zusammen und halte mich an ihm fest.

»Er wird sie töten«, flüstere ich mit krächzender Stimme. »Er wird sie töten.« Ich kann nicht mehr aufhören zu weinen.

Landmann schiebt mich sachte von sich, hält dabei weiter meine Arme fest.

»Ender, reißen Sie sich jetzt zusammen. Hier wird niemand irgendjemanden töten. Der will was von Ihnen. Wenn er wirklich Ihre Freundin hat, dann benutzt er sie als Druckmittel. Tot nutzt sie ihm herzlich wenig.«

Ich höre seine Worte, aber sie sind mir vollkommen egal. Alles in mir sackt zusammen, als hätte mir jemand meinen gesamten Lebensmut ausgesogen. Ich gebe auf. Mir ist alles egal. Keine Ahnung, warum wieder so ein Chaos über mich kommt. Womit habe ich das verdient? Ich sehe mich selbst wie eine dritte Person und finde mich einfach jämmerlich.

»Ich weiß, was er sucht«, sage ich mit so leiser Stimme, dass ich nicht genau weiß, ob mich Landmann überhaupt gehört hat.

Er hebt meinen Kopf, um mir in die Augen sehen zu können.

»Was haben Sie da eben gesagt?«

Ich reiße mich von ihm los und setze mich auf das Bett. Starre auf meine Schuhe.

»Herr Ender, was haben Sie da gerade gesagt? Sie wissen *doch,* was er will?«

Wortlos greife ich meine Hosentasche und halte ihm den Schlüssel hin. Ich sehe die Szene wieder vor mir und jetzt verstehe ich, was der Mann gesagt hat, auch wenn er nicht mehr dazu kam, den Satz zu Ende zu sprechen. *Das ist von Deiner*. Ja, genau, *Deiner* hat er gesagt. Es hat also doch nichts mit meinem Vater zu tun, sondern meiner Mutter gehört dieser ominöse Schlüssel.

»Der Kerl, der uns unten an der Haustür aufgelauert hat, gab mir diesen Schlüssel. Scheiße, Mann, ich dachte, er gehörte zu dem anderen. Spätestens als er bei der Übergabe erschossen wurde, war dann klar, dass dem nicht so ist. Seine letzten Worte waren: *Das ist von Deiner.*« Ich schaue Landmann ratlos an. Sein Blick wirkt überrascht und kurz ärgere ich mich, dass ich das ausposaunt habe, da ich immer noch nicht sicher bin, wem ich überhaupt noch vertrauen kann. Ich wende mich ab und gehe zum Fenster. Klappe es auf, brauche dringend Luft. Spüre die Blicke von Landmann. Ist er nur überrascht oder auch enttäuscht? Er räuspert sich.

»Gut. Ich lasse den Schlüssel von unserer Abteilung untersuchen. Sieht nach einem Schließfach-Schlüssel aus, ich glaube, die bekommen sehr schnell heraus, wo sich das Fach befindet.« Er macht eine Pause.

Ich merke, dass er versucht, seine Stimme ruhig zu halten. Wahrscheinlich möchte er mich anbrüllen, was ich mir erlaube, erst jetzt damit rauszurücken.

»Wissen Sie, ich hatte eigentlich damit begonnen, Sie ganz sympathisch zu finden, aber mit dieser Sache machen Sie es mir sehr schwer, weiter daran zu glauben, dass Sie uns helfen wollen, diese krude Geschichte aufzulösen.« Noch eine Pause.

Ich spüre, dass er noch nicht fertig ist. Mir fällt es außerdem schwer, mich auf seine Worte zu konzentrieren, denn die Angst um Caro wächst wie ein Geschwür in mir.

»Sie haben ja sicher Ihre Gründe gehabt, das vor mir geheim zu halten. Ehrlich gesagt kann ich Sie da sogar verstehen, wenn ich nur an meine Kollegin denke und wie sie mit der Geschichte umgegangen ist. Aber sie hat es nicht leicht zur Zeit. Mehr kann ich darüber nicht sagen.« Er kommt näher, seine Stimme wird immer ruhiger.

»Ich mache Ihnen einen Vorschlag. Wenn ich weiß, wo wir das Schließfach zu diesem Schlüssel finden, gehen wir da zusammen hin und Sie können als Erstes schauen, was der geheimnisvolle Inhalt ist, worauf diese Typen so scharf sind. Bisher kann ich mir überhaupt keinen Reim auf alles machen, aber wie auch, wenn ich den Inhalt des Schließfaches nicht kenne. Das wäre, als ob ich in eine Kristallkugel schauen würde.«

Ich antworte nicht. Nicke nur und hoffe, er hat es gesehen. Drehe mich um und schaue ihn an, und als ob er meine Gedanken lesen könnte, sagt er:

»Na kommen Sie, ich fahre Sie nach Hause. Hier können Sie sowieso nichts weiter unternehmen.«

Ich will antworten, aber er kommt mir zuvor.

»Ihr Auto können Sie leider im Moment nicht nutzen, da es Teil der laufenden Ermittlungen ist.«

Wortlos gehe ich voran. Kann kaum meine Beine bewegen. Kurz bevor wir den Fahrstuhl erreichen, schließt sich die Tür. Tja, das ist halt mein Leben. Ich rege mich nicht mehr darüber auf. Es soll anscheinend alles so sein.

Ich steige aus dem Wagen und gehe auf die Haustür zu.

»Herr Ender!«

Ich drehe mich nicht um, sondern bleibe nur stehen.

»Wenn ich was weiß, rufe ich Sie an.«

Ich will weiterlaufen.

»Und, Herr Ender, leider muss ich das sagen: Bitte verlassen Sie weder die Stadt, noch das Land, und halten Sie sich zur Verfügung. Und wenn sich Ihre Freundin oder irgendjemand anderes bei Ihnen meldet, dann rufen Sie mich bitte an.«

Ich hebe meine Hand, als Zeichen, dass ich verstanden habe, und gehe ins Haus.

Völlig in Gedanken, die ich aber nicht wirklich erfassen kann, gehe ich die Treppe rauf. Habe kaum die Energie, den Wohnungsschlüssel herauszuholen. Schließe auf, gehe rein und mache die Tür hinter mir wieder zu. Dann verlässt mich jede Kraft und jeder Wille und ich rutsche an der Tür hinunter, bis ich schmerzvoll auf meinem Hintern lande. Diese Stille ist Wohltat und Grauen zu gleich. Diese Stille? Ein Poltern im Wohnzimmer lässt mich aufschrecken. Keine Ahnung, wo meine Kraft wieder so schnell herkommt, aber mit einem Satz stehe ich. Horche. Wieder ein Rumpeln. Leiser, so wie man ein Geräusch verursacht, wenn man ganz leise sein möchte. Soll ich was sagen? Soll ich kehrtmachen und das Weite suchen? Jetzt bleibt es still. Habe ich mir das wieder nur eingebildet?

Wie ferngesteuert gehe ich zur Wohnzimmertür, die nur angelehnt ist. Atme, als wäre ich vom Krankenhaus bis hierher gerannt. Das Blut rauscht wie ein Orkan in meinen Ohren. Ich stoße die Tür auf und ein spitzer Schrei kommt mir entgegen. Caro, mit dieser Oscar-Figur, die ich ihr mal geschenkt hatte, steht kampfbereit vor mir und kann, anscheinend in letzter Sekunde, den Schlag auf meinen Kopf zurückhalten. Einen Moment starrt sich mich mit weit aufgerissenen Augen an. Dann lässt sie die Statue fallen und fällt mir in die Arme.

»Gott sei Dank, dir ist nichts passiert«, sagt sie schluchzend.

Ich drücke sie fest an mich und flüstere:

»Das wollte ich eigentlich gerade zu dir sagen.« Eine Gänsehaut überkommt mich und bin gerade der glücklichste Mensch auf der Welt. Ich schiebe sie ein wenig von mir, um sie ansehen zu können.

»Babe, warum bist du denn einfach verschwunden? Ich habe mir solche Sorgen um dich gemacht. Zwei Polizisten haben mich ausgefragt und einer ist mit mir zur Wohnung meiner Mutter gefahren.«

Sie kommt gar nicht dazu, zu antworten, denn ich kann nicht mehr aufhören zu reden. Sie schiebt mich zur Couch, wo wir uns beide fallen lassen. Ich küsse sie, kann kaum mehr von ihr ablassen. Dann erzähle ich weiter.

»Stell dir vor, es ist alles aufgeräumt, kein Blut, keine Scherben, alles so, als wäre dort nichts passiert. Ich hätte schon wieder an meinen Verstand gezweifelt, wenn nicht die Vase, die du dem Eindringling über den Kopf geschlagen hast, weg gewesen wäre.« Ich hole einmal tief Luft. »Aber warum bist du jetzt hier? Bist du einfach gegangen, oder bist du geflüchtet, war der Typ bei dir?«

Sie drückt mir ihre Hand auf meinen Mund, die ich sofort mit Küssen bedecke.

»Liebling, du sprichst ja ohne Punkt und ohne

Komma.« Sie lächelt mich an. Kurz. Dann wird sie nachdenklich. Versucht, die richtigen Worte zu finden. Druckst herum.

»Da war ein Mann.« Es ist ein Satz, der mir sofort die Nackenhaare aufstellt. Sie schaut mich an, als würde sie mich studieren, meine Reaktion abwarten.

»Ja?«, keuche ich. Sie sieht meine Angst.

»Nein, nein, nicht der, der uns verfolgt hat«, sagt sie hastig. Entspannung will bei mir nicht eintreten.

»Der Mann hat gesagt, dass ich in Gefahr bin, wenn ich im Krankenhaus bleibe. Ich sollte nach Hause gehen, denn *die* wissen nicht, wo wir wohnen.«

Ich begreife nicht, was Caro sagt. Wer sind *die*, wer ist der Typ? Caro erzählt es mir auch in einem Ton, als ob für sie alles klar wäre.

»Er hat mich nach Hause gebracht. Wir haben die ganze Zeit nicht miteinander gesprochen. Ich kann dir nicht mal sagen, warum ich so widerstandslos mit ihm mitgegangen bin. Irgendwie habe ich ihm das alles abgekauft, er hatte etwas Vertrauensvolles in seiner Art. Er ist dann vor mir hier reingegangen, hat alle Zimmer überprüft und dann durfte ich auch rein. Ich sollte mich setzen, er musste mir etwas sagen, das ich dir ausrichten soll, sagte er.« Sie macht wieder eine Pause.

Meine Anspannung wird immer größer. Ich kann es kaum aushalten.

»Nun sag endlich, was du mir sagen sollst!«, fahre ich sie an. »Entschuldigung, aber ich halte diese Spannung nicht mehr aus«, sage ich leise. Bemerke, dass sie anfängt zu zittern.

»Rick, er behauptet, er ist dein Vater und du sollst niemandem geben, was du bekommen hast, denn das wollen die unbedingt haben, und sie gehen dabei über Leichen, hat er wortwörtlich gesagt.«

Ich vergesse zu atmen, vergesse zu schlucken. Sitze wie erstarrt da.

»Ich habe ihn ausgelacht, was er mir für eine bescheuerte Geschichte erzählt«, spricht sie weiter. »Und dass ich deinen Vater kennengelernt hatte und das er tot ist.« Sie schluckt und das Zittern ebbt nicht ab.

»*Ich weiß*, hat er dann gesagt, aber das war nicht dein Vater und er könne es beweisen.«

5

Die Nacht war eine der typischen Rick-Ender-Nächte. Unruhig geschlafen ist noch maßlos untertrieben. Nach einer Stunde wieder wach geworden, wieder eingeschlafen, wach geworden. Jedes Mal irgendeinen Quatsch geträumt und von Traum zu Traum wurde es skurriler.

Einzelne Traumfetzen wabern noch in meinem Kopf herum, und jetzt, wo diese furchtbare Nacht endlich vorbei ist und die ersten Sonnenstrahlen versuchen, die Vorhänge zu durchbrechen, kann ich mich nur noch an den letzten Traum erinnern. Ich fuhr mit meinem Vater Achterbahn, aber in einer Endlosschleife. Es gab Stationen, an der die Bahn langsamer wurde und immer wieder neu meine Mutter stand. Sie hüpfte vor Freude, als sie uns sah, und winkte uns aufgeregt zu. Doch als wir ganz nah an ihr vorbeifuhren, fiel ihr Lächeln wie eine Maske von ihr ab und sie schaute mich traurig an. Dabei schüttelte sie kaum merklich den Kopf. Das passierte auf dieser endlosen Strecke immer wieder. Als ich dann zu meinem Vater rüber schaute, verblasste er von Mal zu Mal. Er löste sich einfach auf. Als dann nichts mehr von ihm übrig war, begriff ich, warum er sich im wahrsten Sinne des Wortes aus dem Staub gemacht hat. Vor mir war ein riesiges Krokodil, in dessen großes Maul die Achterbahn mit mir direkt hineinfuhr. Schreiend wurde ich wach.

Jetzt liege ich hier, spüre neben mir den ruhigen Atem von Caro und starre an die Decke. Beobachte wieder das Blinken der Sekunden, dass der Projektionswecker über mir an der Decke erzeugt. Normalerweise beruhigt mich das, sodass ich wieder einschlafe, aber ganz ehrlich, wann ist bei mir mal normalerweise?

»Denk nicht so viel nach, mein Liebling«, krächzt Caro mit der typisch morgendlichen Stimme.

Ich drehe mich zu ihr und versuche ein Lächeln, das mir aber garantiert misslingt und mich aussehen lässt, als würde ich einen Schmerz unterdrücken wollen.

»Du hast leicht reden. Ich kann einfach nicht abschalten. Meine Gedanken lassen sich einfach nicht kontrollieren. Habe wieder von meinem Vater geträumt. Zumindest von dem Typ, von dem ich bisher angenommen hatte, dass es mein Vater wäre.« Ich schaue wieder an die Decke.

»Meine Mutter war auch da, hat traurig geschaut und den Kopf geschüttelt, als wollte sie mir damit sagen, das wäre nicht mein Vater, oder auch, dass ich in großer Gefahr bin. Dann hat sich der Typ aufgelöst und ich bin direkt rein in das riesige Maul eines Krokodils.« Ich spreche nicht weiter. Diese Träume sind einfach zu dumm. Wahrscheinlich kann Caro das auch alles nicht mehr hören und macht immer nur gute Miene zum bösen Spiel.

Mit einem Ruck sitzt sie und beugt sich über mich, um mir einen Kuss auf die Stirn zu geben.

»Ich mache jetzt Frühstück und du gehst duschen. Wir versuchen heute mal, die ganze Sache zu vergessen, und machen uns jetzt einen schönen Tag.«

Ich ziehe sie zu mir ran.

»Wage nicht, mich jetzt zu küssen, du Stinker«, sagt sie

mit ihrem typischen glucksenden Lachen und schält sich aus meiner Umklammerung. Sie steht auf, öffnet den Vorhang und das Fenster. Ich setze mich hin.

»Babe, tut mir leid, dass unser Urlaub so beschissen angefangen hat«, sage ich. Sie schließt die Augen und atmet hörbar die frische Luft ein, dann dreht sie sich zu mir.

»Ich habe eine Idee!«, sage ich.

Sie kneift ihre Augen zusammen.

»Du hast eine Idee?«, sagt sie mit gespielter Verwunderung in der Stimme, wobei sie das *Du* ganz langgezogen ausspricht.

»Lass uns heute ganz oldschool in ein Reisebüro gehen und uns ein Last-Minute-Angebot unterbreiten lassen. Irgendwohin, wo es schön warm ist.«

Caro schaut mich mit aufgerissenen Augen an. Einen Moment lang sagt niemand etwas. Plötzlich rennt sie los und springt auf mich drauf.

»Ich liebe dich, Rick«, sagt sie kaum verständlich, da sie mich ununterbrochen küsst. Ich wälze mich auf sie.

»Aha, jetzt plötzlich stinke ich wohl nicht mehr.« Ohne dass sie etwas erwidert, küssen wir uns weiter.

Für einen kurzen Moment ist alles vergessen, was aber durch das Klingeln meines Handys wieder zerstört wird. Wir lassen von einander ab und ich tippe auf den grünen Hörer, um den Anruf anzunehmen. Caro steht auf und gibt mir zu verstehen, dass sie jetzt Frühstück macht.

»Ja, Ender?« Ich habe gar nicht registriert, wer mich überhaupt angerufen hat. Ich höre ein Rascheln, dann ein Gemurmel, das wahrscheinlich dadurch entsteht, dass der Anrufer eine Hand auf das Mikrofon gelegt hat.

»Ja, Entschuldigung, Herr Ender, ich musste einem Kollegen noch ein paar Instruktionen geben.« Die Stimme erkenne ich sofort, es ist Kommissar Landmann.

»Ach so, Landmann hier. Hat sich irgendjemand bei

Ihnen gemeldet oder ist sonst etwas passiert, das ich wissen müsste? Übrigens danke, dass sie mir die Nachricht geschickt haben, dass ihre Freundin zu Hause wohlbehalten angekommen ist. Das freut mich natürlich, aber Ihnen und vor allem ihr ist hoffentlich klar, dass das nicht so eine tolle Nummer von ihr war. Sie können ihr bitte sagen, dass sie heute hier noch erscheinen soll, damit wir auch ihre Aussage aufnehmen können. Ich schätze mal, dass sie auch noch Ärger mit dem Krankenhaus bekommen wird, weil sie sich einfach entlassen hat, ohne jemandem Bescheid zu geben. Aber das soll ja nicht mein Problem sein.«

Ich hatte ihm nichts von dem Mann erzählt, der Caro dazu genötigt hat, nach Hause zu gehen, und schon gar nicht, dass er sich als mein Vater ausgegeben hat. Während er spricht, wird mir siedendheiß bewusst, dass ich Caro Mist erzählt und ihr gerade einen Vorschlag unterbreitet habe, den ich gar nicht einhalten kann. Wir dürfen ja nicht die Stadt, geschweige denn das Land verlassen. Anderseits bin ich mir nicht so sicher, dass man das einfach so anordnen kann, denn im Grunde haben wir uns nichts zu Schulden kommen lassen.

»Nein, außer dass ich eine ziemlich kurze und unruhige Nacht hatte, ist nichts passiert und es hat sich hier auch keiner gemeldet.« Auch meine Psychiaterin wollte ich anrufen, um dringend einen Termin bei mir zu Hause zu reservieren, denke ich bei mir.

»Hätten Sie denn heute Zeit, Herr Ender?«, fragt Landmann.

Ich zucke zusammen bei der Frage und mir wird warm. Was will er von mir? Warum sollte ich für ihn Zeit haben? Dann fällt es mir ein, aber Landmann redet schon weiter.

»Ich, besser gesagt, meine Leute haben herausbekommen, wo wir das Schließfach für Ihren Schlüssel finden. Da das ja anscheinend der Dreh- und Angelpunkt dieser

Geschichte ist, möchte ich keine Zeit verstreichen lassen, um herauszufinden, was es für einen geheimnisvollen Inhalt hat. In einer halben Stunde bin ich bei Ihnen, dann können wir zusammen dort hinfahren. Wie ich es Ihnen versprochen habe, lasse ich Ihnen den Vortritt. Sie können dort alleine rangehen und sich den Inhalt als Erster ansehen. Also bis gleich«, sagt Landmann und legt auf.

Was ist denn das für ein Stil von ihm, mich erst zu fragen, ob ich Zeit hätte, und dann festzulegen, wann wir die Sache durchziehen? Das macht mich ein wenig sauer. Aber nun ist es so, ich kann es nicht mehr ändern. Caro wird nicht gerade erfreut sein, wenn ich gleich verschwinde. Auch, dass wir unsere Reisepläne aufschieben müssen, muss ich ihr noch erklären. Besser später, wenn ich wieder da bin. Durch den Termin, den mir Landmann gerade aufgebrummt hat, habe ich wenigstens eine gute Ausrede parat, warum das mit dem Reisebüro heute doch nichts wird.

Unter der Dusche prasseln zusammen mit dem Wasser sämtliche Gedanken auf mich ein. Eine gewisse Aufregung macht sich in mir breit bei der Frage, was ich wohl im Schließfach finden werde. Mich wundert, dass der Kommissar mir tatsächlich den Vortritt lässt. Wir kennen uns kaum, sind keine Freunde oder alte Bekannte. War er vielleicht schon da? Hat er das rausgenommen, was für ihn wichtig ist? Ist das von ihm vielleicht alles nur gespielt und er steckt mit diesen Leuten, die den Inhalt des Schließfachs haben wollen, unter einer Decke? Nach all den Erlebnissen, die ich damals hatte, mit Sebastian und seiner Mutter, erwarte ich hinter allem eine Falle, traue ich keinem mehr so richtig. Das passiert mir sogar hin und wieder bei Caro. Es gibt immer wieder Gegebenheiten, die mich an ihrer Liebe, an ihrer Loyalität zweifeln lassen. Das macht mir auch immer ein schlechtes Gewissen, da ich ihr damit wahrscheinlich Unrecht tue. Es kann also auch sein, dass ich mir alles nur einbilde und Landmann einfach ein korrekter Typ ist und sich so benimmt, wie man es sich von einem Polizisten wünscht.

Ich schrecke aus den Gedanken, als Caro die Duschtür aufreißt.

»Ricksi, du hast gleich wieder furchtbare Schrumpelhaut, da du mal wieder vergisst, aus der Dusche herauszukommen.« Sie hat natürlich recht und gleich ist auch noch der Kommissar da.

»Babe, übrigens müssen wir alles ein wenig verschieben, denn Herr Landmann holt mich gleich ab.«

Caros Gesicht verfinstert sich. Sie setzt an, etwas zu sagen, zieht dann aber einen Schmollmund und geht, ohne die Duschtür wieder zu schließen.

»Caro, Babe, aber ich kann doch auch nichts dafür!«, rufe ich ihr hinterher. Keine Reaktion.

Ich trockne mich ab und stelle wieder einmal mit Bedauern fest, dass ich in letzter Zeit ganz schön zugenommen habe. Habe mich einfach gehen lassen. Erst war ich das Opfer, nach dem Tod von Sebastian und dem Verschwinden seiner Mutter habe ich mich aus Frust nicht beherrschen wollen, und dann kam der Punkt, wo sich mein Leben gedreht hat und ich es mir vor Glück, mit Caro zusammen zu sein, habe gut gehen lassen. Alles Entschuldigungen, die ich unter dem strafenden Blick des Spiegels nicht anzubringen brauche. Der ist einfach unbestechlich. Ich kleide mich an und als ich gerade meine Hose zuknöpfe, klingelt es schon an der Tür. Ich höre Caro an die Gegensprechanlage gehen, aber kann nicht verstehen, was sie sagt.

Als ich das Bad verlasse, steht sie vor mir mit dem gleichen grimmigen Gesicht, mit dem sie mich gerade im Bad verlassen hat.

»Dein Babysitter wartet unten.« Sie dreht sich um und will gehen, aber ich bin schneller und halte sie am Arm fest.

»Lass mich, Rick«, blafft sie mich an und versucht, sich aus meinen Griff herauszuwinden.

»Babe, wenn ich wieder da bin, gehen wir sofort ins Reisebüro, versprochen.«

Sie schafft es sich, loszureißen. »Ja, ja, Rick. Du kannst mich mal. Fahr doch mit deinem neuen Freund weg.«

»Caro, was soll denn der Mist. Hast du vergessen, um was es hier geht? Erstens können wir nach allem, was passiert ist, nicht einfach zur Tagesordnung über gehen. Dann ist da noch das Schließfach, denn darum geht es, da fahren wir jetzt hin. Was immer da auch drin sein wird, ich schätze mal, meine Mutter wollte, dass ich es bekomme.«

Caro verzieht das Gesicht.

»Aha, und warum hat sie dir das nicht zu Lebzeiten gegeben?« Ihr spöttischer Unterton gefällt mir überhaupt nicht, aber leider hat sie recht. Mir fällt dazu nur eine Antwort ein.

»Vielleicht hätte sie sich damit selber in Gefahr gebracht. Vielleicht dachte sie, jetzt kräht kein Hahn mehr danach. Ich weiß es nicht, aber vielleicht wird mir das Schließfach auch diese Antwort geben.«

Ganz überzeugen kann ich Caro leider nicht. Wenn ich sie so enttäuscht sehe, mit hängenden Schultern und diesem traurigen Blick, würde ich Landmann am liebsten sagen, er könnte mich mal und sollte alleine schauen, was er dort finden wird. Doch ich muss auch zugeben, dass ich jetzt selbst darauf brenne zu erfahren, was mir meine Mutter vermacht hat. Ich starte einen letzten Versuch, wenigstens mit Humor aus der Sache herauszukommen.

»Vielleicht sind wir ja dann auch reich und können statt irgendeiner billigen Last-Minute-Reise eine Weltreise machen. Die große chinesische Vase kann ich ja nun nicht mehr zu Geld machen. Mein Mädchen musste sie ja unbedingt auf den Schädel dieses Verbrechers schlagen.«

Oh ja, der Versuch ist von Erfolg gekrönt, Caro schmunzelt.

»Blödie«, sagt sie und kommt gespielt schmollend auf mich zu. Küsst mich und schiebt mich dann weg. »Lass den Kommissar nicht weiter warten.«

Ich streife mir meine Jacke über und öffne die Wohnungstür.

»Rick! Bitte sei vorsichtig. Wenn das, was du da findest, eine Nummer zu groß für uns ist, dann übergib alles der Polizei. Ich bleibe auch bei dir, wenn du weiterhin so arm bist.«

Wir grinsen uns an und ich bin froh, etwas positiver aus dem Haus zu gehen und zu wissen, dass Caro auch wieder mit mir okay ist.

6

Landmann steht mit dem Rücken an seinen Wagen gelehnt und ich sehe zum ersten Mal, dass er raucht. Na gut, ist ja auch kein Wunder, wir kennen uns ja im Endeffekt erst ein paar Stunden. Als er mich sieht, schnippt er die fast aufgerauchte Zigarette weg.

»Hi«, ist alles, was er sagt. Er steigt ein und ich tue es ihm nach. Er schaut mich an, während er den Wagen startet.

»Sind Sie bereit, Herr Ender?« Er wirkt freudig, fast schon aufgeregt.

»Na, Sie sind wohl in Ihrem Element, Herr Kommissar. Das scheint Ihnen ja hier alles richtig Spaß zu machen«, antworte ich gequält.

»Ach, wissen Sie, Herr Ender, unser Job sieht in Filmen und Serien immer so aufregend aus. Leider ist dem überhaupt nicht so. Ich glaube, ein Müllfahrer hat mehr Abwechslung in seinem Job. Aber die Geschichte mit Ihnen ist mal etwas anderes. Ich kann Ihnen nur sagen, die Spurauswertung der Wohnung Ihrer Mutter und die Spuren vor der Haustür bestätigen zum Teil Ihre wirklich erfrischende Geschichte. So einen Fall habe ich meiner Laufbahn bisher noch nicht gehabt.« Er schaut wieder nach vorne und fährt los.

»Na, da freue ich mich doch, dass ich Ihren Job etwas interessanter machen konnte. Hoffentlich sehen Sie es nachher auch noch so. Wo müssen wir überhaupt hin?«

Während er sich auf den zähfließenden Verkehr konzentriert, sagt er:

»Wie Sie vermutlich auch dachte ich, wir müssten in irgendeine Bank, aber es ist nur der Bahnhof.«

Ja, ich dachte tatsächlich, dass sich das Fach in irgendeiner Bank befinden würde. Weiß gar nicht, warum ich gedanklich den Bahnhof nicht mit eingeschlossen hatte. Das Gute ist, dass der Bahnhof nur ein paar Straßen von meiner Wohnung entfernt ist. Das Schlechte ist, dass das, was wir an Fahrzeit sparen, damit verbringen müssen, einen Parkplatz zu finden. Aber vielleicht hat die Polizei ja dort eine Sondergenehmigung, im Halteverbot zu stehen. Ich versuche es mit Small Talk.

»Sind Sie eigentlich verheiratet, Herr Landmann?«

Er schaut kurz fragend zu mir rüber.

»Warum wollen Sie das wissen?«, fragt er knurrend.

»Ach, mein Gott, einfach nur so. Wollte jetzt nicht die ganze Zeit stumm neben Ihnen sitzen und dachte an ein bisschen Konversation. Natürlich müssen Sie mir nicht antworten und ich kann auch die ganze Zeit meine Fresse halten, wenn Ihnen das lieber ist.« Meine Stimme hört sich etwas angepisst an.

»Schon gut, Herr Ender. Ja, ich war es mal. Ich bediene das gleiche Klischee wie Sie es wahrscheinlich aus dem Fernsehen kennen. Meine Frau hatte irgendwann keine Lust mehr, fast jeden Abend alleine zu Hause zu verbringen. Kinder haben wir nicht, also ging die Trennung ganz schnell. Leider ist meine Geschichte noch bescheuerter, als mir lieb ist. Sie ist jetzt wieder verheiratet und was glauben Sie, was ihr neuer Mann für einen Job hat.«

»Sagen Sie nicht, er ist Polizist«, sage ich erheitert.

»Bingo«, sagt er und als ich ihn ansehe, macht er ein sehr ernstes Gesicht. Entweder es gibt plötzlich ein Problem, oder er hängt noch sehr an seiner Frau und das Erzählen von ihr hat alles wieder hervorgeholt.

»Wir werden verfolgt,« sagt er trocken.

Okay, also nicht seine Frau, sondern ein Problem. Ich will mich umdrehen.

»Nein, nicht umdrehen. Die sollen denken, wir haben sie nicht bemerkt.«

Ich schaue zu ihm. Er wirkt jetzt locker, aber konzentriert. Das ernste Gesicht ist verschwunden. Er schaut zu mir und zwinkert mir zu.

»Ich hoffe, Sie sind gut angeschnallt«, sagt er und reißt das Lenkrad nach rechts. Das Problem ist nur, wir befinden uns auf der dreispurigen Straße ganz links. Landmanns Aktion wird mit einem regelrechten Hupkonzert quittiert. Ich versuche, mich irgendwo festzuhalten, aber egal, was ich probiere, ich rutsche ab. Ich könnte mich jetzt umdrehen und würde trotzdem nicht sehen, ob unsere Verfolger noch an uns drankleben, da ich nicht weiß, welcher der Wagen hinter uns der Verfolger ist. Aber das braucht mich auch nicht mehr zu kümmern.

»Ui, das war irgendwie zu leicht«, sagt Landmann und schaut kurz zu mir. »Ender, die grüne Farbe in ihrem Gesicht steht Ihnen.« Er lacht laut.

Mir fällt auf, dass ich ihn noch nicht lauthals lachend erlebt habe. Das macht ihn noch sympathischer, als er mir bisher schon vorkam. Wenn da nur nicht meine Paranoia wäre, dass ich niemandem vertrauen kann.

»Wie meinen Sie das, das war zu leicht?«, frage ich ihn, weil ich nicht wirklich weiß, wie er das meint.

»Ich habe sie zu leicht abgehängt. Entweder ich hatte Glück und die sind so schlecht, oder wir werden noch von weiteren Leuten verfolgt. Die wiederum sind so gut, dass ich sie nicht erkenne.«

Das ist nun nicht gerade das, was ich hören wollte.

»Ich fahre noch ein paar kleine Runden, bis ich mir sicher bin, dass wir sie abgeschüttelt haben.« Landmann fährt die verschiedensten Straßen entlang. Zwei bis dreimal sind wir schon fast am Bahnhof angelangt, fahren aber sicherheitshalber immer weiter.

»Wenn Sie nicht wollen, dass ich in Ihren Wagen kotze, dann sollten wir langsam mal unser Ziel anfahren.«

Er tut es, hat aber das Problem, was ich vorher schon geahnt hatte, er findet auf die Schnelle kein Parkplatz. So gurken wir noch eine gefühlte Ewigkeit hin und her, bis wir endlich fündig werden. Es hat nicht mehr viel gefehlt und ich hätte meine Drohung wahr gemacht und ins Auto gebrochen.

Wir sind in der Vorhalle und müssen uns erst mal orientieren. Mir fällt auf, dass ich noch ein kleines Kind war, als ich das letzte Mal den Bahnhof betreten habe.

»Da vorne ist es.« Landmann zeigt auf eine Armada an Schließfächern, die vor uns im Licht aufblitzen. Wir gehen auf die metallene Wand zu und plötzlich bleibt Landmann stehen.

»Ender, warten Sie.« Er wühlt in seiner Jackentasche und holt den Schlüssel heraus.

»Ich hoffe, ich kann Ihnen vertrauen. Ich gebe Ihnen die Chance, einen Moment alleine mit dem zu sein, das Ihnen Ihre Mutter vermacht hat. Nehmen Sie sich dafür so viel Zeit, wie Sie brauchen. Dann übergeben Sie mir alles, was Sie gefunden haben. Auch wenn etwas dabei ist, dass Sie für zu persönlich halten. Ich muss erst mal alles sehen und entscheide dann, was ich mit in meine Abteilung nehme, um es auszuwerten.«

Wir schauen uns an. Ich nicke ihm zu.

»Danke für Ihr Vertrauen«, sage ich und bin noch mehr angetan von Landmann. Als ich den Schlüssel betrachte, den mir der Kommissar gegeben hat, und die Nummer darauf erkenne, muss ich die Tränen zurückhalten. Es ist der Geburtstag meiner Mutter.

»Okay, dann bis gleich«, sage ich und gehe los, das Schließfach finden. Ich fühle mich unwohl, da ich es nicht abkann, in großen Menschenansammlungen rumzuwuseln. Das Stimmengewirr, die Nähe, die Blicke. Das werde ich nie lernen, damit locker umzugehen. Und heute ist es noch extremer, denn hinter jedem Menschen, der hier in meiner Nähe ist, vermute ich jemanden von den Jägern nach dem, was im Schließfach sein soll. Die Aufregung um das, was ich da finden werde, kommt noch erschwerend hinzu. Meine Augen schmerzen. Einerseits suchen sie die Nummer, die auf dem Schlüssel eingraviert ist, andererseits schauen sie jeden Menschen argwöhnisch an. Der Schlüssel scheint sich in meiner Hand einzubrennen. Ich habe das Gefühl, dass er kochend heiß ist. Wahrscheinlich müsste ich nur endlich meine Hand lockern, die nur noch ein einziger Klumpen zu sein scheint. Die Zahlen fangen vor meinen Augen an zu tanzen. Mal sind sie scharf und im selben Moment verwischt die Sicht gleich wieder. Immer wieder rempeln mich Leute an. Ich verspüre Panik, die in mir hochkriecht. Schrecke zusammen bei einer Durchsage. Mir war sogar fast so, als hätte ich meinen Namen gehört. Die Welt um mich herum fängt an sich zu drehen. Ich schaffe es nicht mehr, mich auf irgendeinen Punkt zu fokussieren. Alles wird schneller und lauter. Ständig werden Schweißperlen auf meiner Stirn neu geboren, obwohl ich sie immer wieder wegwische. Ich halte mich an der kalten, metallenen Schließfächerwand fest. Mir scheint, dass alle Augen auf mich gerichtet sind, alle um mich herum meinen Namen flüstern. Alle mich beobachten, was ich wohl Geheimnisvolles aus meinem Fach herausholen werde. Ich blicke mich panisch nach Landmann um, kann ihn aber nirgends mehr entdecken. Er kann mich doch nicht alleine lassen! Eine bescheuerte Idee, mich alleine vorgehen zu lassen. Ich kann damit nicht so richtig etwas anfangen, so gut es auch von ihm gemeint war. Meine angeknackste Psyche fängt an, verrückt zu spielen. Ich drehe mich wieder zu den Schließfächern. Halte für einen kurzen Moment meine Stirn an das kalte Metall. Die tanzenden Zahlen vor mir bleiben plötzlich eine nach der anderen stehen. Wie bei einem Spielautomaten. Der Geburtstag meiner Mutter. Ich stehe direkt vor dem gesuchten Fach. Versuche krampfhaft, die Faust zu öffnen, in der der Schlüssel liegt. Muss die andere Hand zur Hilfe nehmen, um den Krampf zu lösen. Zitternd halte ich den Schlüssel und kann ihn nur mit sehr viel Willenskraft ins Schloss stecken. Zweimal muss ich ihn drehen, dann höre ich ein Klicken. Das ist der Moment, wo die Lautstärke der Welt um mich herum leiser gestellt wird. Als ob alle Menschen die Luft anhalten. Was wird Rick Ender da finden? Was hat ihm seiner Mutter so Wertvolles vermacht, das andere unbedingt haben wollen und dabei nicht mal vor einem Mord zurückschrecken? Auch ich halte den Atem an. Meine Augen müssen sich an das schummrige Licht im Schließfach gewöhnen, denn vor mir ist nur ein schwarzes Loch. Das Fach scheint sehr tief zu sein. Denn ich sehe bisher keinen Inhalt. Das Licht um mich herum reicht nicht bis zum Ende. Todesmutig stecke ich meinen Arm hinein und versuche zu fühlen, was oder ob sich überhaupt etwas in dem Fach befindet. Wieder steigt eine furchtbare Wärme in mir auf, als hätte ich auf nüchternen Magen einen Wodka getrunken, bei dem Gedanken, dass das Fach leer sein könnte. Dass jemand vor mir da war. Dass meine Mutter gar nichts mehr dort deponieren konnte. Das würde mir doch aber keiner der Leute glauben, die mir und Caro nach dem Leben trachten. Ich atme hörbar aus, denn jetzt fühle ich einen Gegenstand. Fühlt sich wie ein Buch an. Noch so richtig wie von früher. Alt, Leder. Ich fühle Leder. Die Aufregung kommt wie eine riesige Welle zurück und nimmt mir für kurze Zeit die Luft. Vorsichtig, als wäre es ein Lebewesen oder ein Gegenstand aus Glas, ziehe ich das Ding nur mit den Fingerspitzen heraus. Es entpuppt sich tatsächlich als eine Art Buch, eingefasst in echtes Leder. Das riecht und fühlt man sofort. Als ich sehe, was vorn eingearbeitet ist, werden meine Knie weich und ich muss mich mit einer Hand am Fach festhalten. Es ist ein Krokodil. Jedes kleine Detail ist zu erkennen. Ich muss regelrecht nach Luft schnappen, als wäre ich die ganze Zeit unter Wasser gedrückt worden. Mit jedem neuen Atemzug kann ich nicht nur wieder ruhiger Atmen, sondern die Geräuschkulisse kommt wieder zurück. Habe schon wieder das Gefühl, meinen Namen zu hören.

»ENDER!«

Es ist kein Gefühl, jemand brüllt meinen Namen. Als wäre ich gerade aus einem Traum aufgewacht, fange ich wieder an zu funktionieren.

»Ender, Ender, verschwinde!« Das ist eindeutig Landmann.

Ich packe das Buch fester und drehe mich um. Versuche, ihn in den Menschenmassen auszumachen. Meine Augen scannen immer schneller jeden Menschen, um den Kommissar zu finden, aber ich kann ihn nicht entdecken. Seine Stimme kommt näher.

»Ender, verdammt nochmal, hauen Sie ab!«

Jetzt höre ich ihn ganz deutlich und da ist er auch. Ich

sehe ihn nur für Sekunden. Ein Mann, der mir unbekannt ist, stürzt sich von hinten auf Landmann und zieht ihn herunter, sodass er wieder in den Menschenmassen verschwindet. Erst als eine Stimme in meinem Kopf brüllt, ich sollte doch endlich loslaufen, reagieren meine bis dahin wie steif stehenden Beine. Ich versuche, an der riesigen Schließfachwand entlangzurennen. Das ist kaum möglich. Die Leute vor mir können nicht ausweichen, es ist einfach zu voll. Ich drücke mich hindurch. Jede Person vor mir eine neue Herausforderung. Meine Fingernägel krallen sich in das Buch. Mir ist erst jetzt bewusst, dass ich gar nicht weiß ob da noch etwas im Fach war. Ich habe einfach den Schlüssel stecken und das Fach offengelassen. Keine Zeit mehr, mir darüber Gedanken zu machen. Einmal noch höre ich die Stimme von Landmann, aber mehr als meinen Nachnamen höre ich nicht. Der Lautstärke entnehme ich, dass ich schon etwas Vorsprung habe. Doch ich habe mich geirrt, denn wieder wird mein Name gerufen und das sehr laut und sehr nah und außerdem noch von mehreren Stimmen, die mir alle unbekannt erscheinen. Scheiße, die sind mir auf den Fersen. Wieder beginnt meine Lunge ihren Dienst zu versagen. Erschwerend kommen noch die Seitenstiche dazu, die immer heftiger werden

Mit einem Mal habe ich Platz, ich habe die Menschenmenge durchbrochen. Jetzt warten aber auch schon die nächsten Hindernisse auf mich: Stühle eines Cafés. Taumelnd kann ich im Zickzack relativ unbeschadet an ihnen vorbeilaufen. Um kurz danach über einen Schmuckständer an einem der unzähligen Kioske zu stolpern. Auch hier schaffe ich es, nicht zu fallen. Langsam kehrt die Panik zurück. Ich weiß nicht, wie lange ich das noch schaffe, in dieser Geschwindigkeit zu laufen. Wo soll ich überhaupt hin? Ich habe keine Orientierung mehr. Noch immer bin ich auf dem riesigen Bahnhofsgelände, sehe aber schon das

Ende. An welcher Seite komme ich raus. Komme ich überhaupt raus. Ich würde so gerne mal stehenbleiben. Pause machen. Schauen, wo ich genau bin. Schauen, wie nah die Typen sind. Meine Stimme im Kopf brüllt mich aber sofort unmissverständlich an, dass ich weiterlaufen soll. Da sehe ich einen Ausgang. Ist das meine Rettung? In meinem Kopf überschlägt sich alles. In was für eine Kacke bin ich da nur wieder hineingeraten?

Ausgang erreicht. Die automatische Tür öffnet sich mit einem Zischen, das sich wie eine angriffslustige Schlange anhört. Ich ramme einen Mann, der gerade mit seinem Hund ebenfalls den Bahnhof verlassen hat. Jetzt falle ich und reiße den Mann mit auf den Boden. Das ist mein Glück, aber sein Pech. Er schreit auf vor Schmerzen. Ich versuche, mich vor ihm aufzurappeln, was sich als nicht so leicht herausstellt, da ich immer noch das Buch fester halte, als es vielleicht nötig wäre. Ich bin schon in der Hocke und werde sofort wieder zu Boden gerissen. Der Hund ist schuld daran. Knurrend versucht er mehrmals nach mir zu schnappen und ich Idiot halte ihm instinktiv das Buch hin. Das lenkt ihn ab, aber ich bin das Buch los, das jetzt in seinem Maul steckt. Nein, das darf nicht wahr sein. Die Gier nach dem Nachlass meiner Mutter ist so groß, dass ich sämtlich Angst, die ich eigentlich vor Hunden habe, mit einem Schlag verliere. Ich greife nach ihm und kann sein Halsband erfassen. Todesmutig ziehe ich ihn zu mir ran und versuche, ihm mit der anderen Hand das Buch zu entreißen. Das Knurren ist in meinen Ohren überlaut und mehr als angsteinflößend. Ich lasse das Buch nicht los, die Bestie aber auch nicht. Einen Moment zieht jeder von uns daran und mir wird bewusst, dass ich damit das Buch zerstören könnte. In meinen Adern muss plötzlich Eiswasser strömen, anders kann ich mir meine nächste Handlung nicht erklären. Ich ziehe am Buch und gleichzeitig am Halsband, sodass ich mich mit dem Hund fast auf Augenhöhe befinde. Ich kann einfach keinen Hund schlagen, also brülle ich wie ein Verrückter: »AUS!« Im Hintergrund höre ich, wie der Mann den Namen seines Hundes ruft. Das zeigt mehr Wirkung als meine Aus-Rufe. Er dreht sich kurz zu seinem Herrchen und ist somit abgelenkt. Meine Chance! Sofort reiße ich das Buch an mich und stehe taumelnd wieder auf. Der Hund braucht nur Sekunden, um seine Verwunderung wegzustecken und einfach wieder Hund zu sein. Ich sehe aus dem Augenwinkel, wie er auf mich zu rennt. Gott, was soll ich jetzt tun? Niemals bin ich in meiner Verfassung schneller als der Köter. Ich probiere es trotzdem und merke, dass er von mir ablässt. Gutes Hundchen, sein Herrchen ist ihm doch wichtiger, als mich auffressen zu wollen. Ich kann meine Flucht fortsetzen. Merke erst nach ein paar Metern, dass ich nicht nur den Hund, sondern auch meine menschlichen Verfolger abgeschüttelt habe, denn bei dem Machtkampf eben habe ich viel Zeit verloren. Das hätte gereicht, mich einzuholen, doch offenbar hatten sie es schon bei meiner unsanften Begegnung mit dem Tier aufgegeben. Obwohl ich glaube, nach allem, was passiert ist, dass *aufgeben* kein Wort ist, was die kennen. Sie werden einen Plan B haben um an das zu kommen, was mir meine Mutter vermacht hat. Also bleibe ich, nach dem ich noch ein paar Meter geschafft habe, stehen. Viel länger hätte ich auch nicht mehr rennen können. Meine Lunge fühlt sich an, als wäre sie verätzt, meine Seitenstiche habe eine Qualität an Schmerzen angenommen, die kaum noch auszuhalten ist.

Minutenlang stehe ich völlig erschöpft versteckt in einem Hauseingang. Mein Kopf ist leer und eigentlich ist das sehr angenehm. Mein Blick fällt auf das Buch in meiner Hand. Fast ungläubig schaue ich es an. Was kann es beinhalten, dass andere Menschen dafür über Leichen gehen? *Öffne es doch einfach, Rick*, sagt eine Stimme in mir.

Doch ich habe Angst, dass ich damit die Büchse der Pandora öffne. Ich muss nach Hause, zu Caro. Caro! Sie ist in Gefahr. Anscheinend sind diese Leute Landmann gefolgt und wissen jetzt garantiert, wo ich wohne.

Ich gehe los, weiß jetzt, wo ich mich befinde und in welche Richtung ich gehen muss, um nach Hause zu kommen. Je weiter ich mich vom Bahnhof entferne, umso mehr bekomme ich ein schlechtes Gewissen, dass ich nur an mich denke und nicht versucht habe, Landmann zu helfen. *Klar Rick, du wolltest Landmann helfen. Wie denn?* Die Stimme im Inneren hat Recht. Wie denn? Caro ist wichtiger. Aber auch da besteht dasselbe Problem, komme ich zu spät, kann ich nichts mehr ausrichten. Ich fühle das Buch in meiner Hand. Vielleicht gibt es doch eine Chance. Wenn es das Buch ist, was sie wollen und ich es ihnen gebe, dann könnte ich doch damit alles beenden. Aber wäre dann wirklich alles vorbei? Diese Leute töten anscheinend ohne mit der Wimper zu zucken. Wir haben welche von ihnen gesehen. Lassen die uns dann wirklich in Ruhe, wenn sie haben was sie wollen?

Während ich alles in meinem Kopf versuche zu sortieren, habe ich unser Wohnhaus erreicht.

7

Sofort stehe ich wieder unter Anspannung. Ich gehe erst mal am Hauseingang vorbei und beginne, die Umgebung zu checken, ob ich irgendetwas Verdächtiges sehe. Mein Gott, Rick, du hast eindeutig zu viele Filme geguckt. Ich muss grinsen, Herr Klausen vom Lebensmittelgeschäft denkt sogar, ich spielte in einem mit. Es scheint ja tatsächlich so, dass es nicht mir nur so geht und alles für nicht real erscheinen lässt. Ich meine, Männer die auf mich schießen, meine Freundin mit einer Schussverletzung, das kann doch nichts mit meinem Leben zu tun haben. So etwas habe ich als Kind gespielt, weil ich das im Fernsehapparat gesehen habe. So muss es auch Herrn Klausen gegangen sein. Für ihn war auch klar, das kann nicht echt sein, das kann sich nur um Dreharbeiten handeln.

Gut, 007 Rick Ender kann nichts Verdächtiges feststellen. Das hat natürlich nichts zu sagen, wir sind auch in die Wohnung meiner Mutter gegangen und haben nicht mal im Entferntesten geahnt, was oder besser gesagt wer da auf uns wartet. Auf Zehenspitzen laufe ich die Treppe hoch. Gut, dass das Baujahr dieses Miethauses neueren Datums ist, hier knarren keine Treppen. Da, ein Geräusch. Da kommt jemand runtergerannt. Was soll ich jetzt machen?

»Hallo, Herr Ender. Wünsche Ihnen einen schönen Tag.« Der Sohn von Herrn Rösler kommt mir entgegen. Ich kann wieder Luft holen und vergesse bei der ganzen Anspannung, zurückzugrüßen. Okay, jetzt werde ich wohl als arroganter Hausbewohner mein Image bei ihm weghaben. Vor meiner Wohnungstür angelangt, halte ich unbewusst wieder die Luft an. Versuche, in unsere Wohnung hineinzulauschen. Höre Musik. Die typische Caro-Musik. Sie weiß selber nicht, warum sie fast nichts anderes mehr hören möchte, aber es ist wieder lateinamerikanische Musik, die aus unserer Wohnung klingt. Heute, für sie sehr untypisch, sehr, sehr laut. Wieder rattert die Paranoia in mir. Wurde es extra so laut gestellt, dass man ihre Schreie nicht hört, während sie gefoltert wird? Minutenlang stehe ich vor der Wohnungstür. Muss eine Entscheidung treffen. Nein, nein, nein, rede ich mir ein, sie ist von dem Gedanken, dass wir irgendwo hinfahren, wo es warm ist, so sehr beseelt, dass sie in dieser euphorischen Stimmung die Musik laut aufgedreht hat. Leider kann ich mir einreden, was ich möchte, ich werde dieses ungute Gefühl nicht los, dass gleich irgendetwas passiert. Stecke den Schlüssel ins Schloss, ohne ihn zu drehen, um die Tür zu öffnen. Gehe nochmal an das Treppenhausgeländer, schaue hinunter. Alles ruhig. Zu ruhig? Das einzige Laute ist nach wie vor die Musik von Caro. Ich schließe die Tür auf und werde fast umgehauen durch die Lautstärke der Musik. Was so eine Wohnungstür alles abhält. Die Bässe kriechen durch den Flur, sodass ich die Vibration überdeutlich in meinen Beinen spüre. Ich schließe schnell die Tür hinter mir und versuche, sehr laut dabei zu sein. Ich will nicht, dass sie sich zu Tode erschreckt, wenn ich plötzlich vor ihr stehe. Bleibe noch einen Moment stehen. Versuche vergeblich, herauszuhören, wo sie sich befindet. Die Musik wird intensiver. Schneller. Caro sagt immer, bei wem diese Klänge nicht das Blut in Wallungen bringt, bei dem fließt Eiswasser in den Adern. Ich spüre gerade bei aller Anspannung, was sie meint. *Komm, Rick, es ist alles in Ordnung, hier wird gerade niemand gefoltert. Hier ist nur eine Frau, die ihrer Leidenschaft frönt*. Nach wie vor kann ich das ungute Gefühl, das sich wie eine Klette bei mir angeheftet hat, nicht abschütteln. Ich schaue nochmal durch den Spion der Wohnungstür in den Hausflur. Nichts. Keine fremden Männer, keine Polizei, die mich sprechen will. Dabei fällt mir ein, dass ich Landmann anrufen muss. Unbedingt. Hoffe inständig, dass alles in Ordnung bei ihm ist. Wende mich wieder von der Tür ab und rufe überlaut in den Schwall Musik:

»Babe, ich bin wieder zurück!«

Als hätte sie schon darauf gelauert, dass ich wieder da bin, kommt sie mir einen Bruchteil später tanzend entgegen. Sie lächelt mich so strahlend an, dass ich für einen Moment alles vergesse. Doch das Strahlen bleibt nicht lange in ihrem Gesicht. Es macht einem angstvollen und verblüfften Ausdruck Platz. Ich bin kurz in der Versuchung, mich umzudrehen, ob hinter mir wieder mal die Gefahr lauert und Caro dazu bringt, aus dem Nichts so ein Gesicht zu machen. Sie sagt etwas, aber ich verstehe es nicht. Caro hat eigentlich eine kräftige Stimme, aber die Musik vermag sie nicht zu überwinden. Ich gebe ihr Zeichen, dass ich sie nicht verstehe, und dabei kommt mir meine rechte blutverschmierte Hand ins Gesichtsfeld und sofort weiß ich, warum ihre Stimmung gekippt ist. Schaue an mir herunter und werde mir des Elends bewusst. Meine Hose ist dreckig und an manchen Stellen aufgerissen. Wie ein Faustschlag in den Magen kommt die Szenerie, die ich gerade erlebt habe, zurück. Ich bin gerannt, gestrauchelt, gestürzt. Ich habe einen Beinahe-Kampf mit einem Hund hinter mir. Auch das

Buch halte ich nach wie vor vollkommen verkrampft in meiner Hand. Caro steht immer noch wie versteinert da. Ich gehe langsam auf sie zu und versuche, ihr nochmal mit Körpersprache klar zu machen, dass sie doch bitte die Musik leiser machen soll. Sie versteht es jetzt, denn sie wendet sich von mir ab, geht in Richtung des Wohnzimmers. Es sieht ulkig aus, wie sie vor mir läuft, halb rückwärts, weil sie den Blick nicht von mir lassen kann. Nach einer gefühlten Ewigkeit schaltet sie die Musikanlage ab. Sofort ändert sich alles. Die Stille macht aus allem, was jetzt kommt, ein Drama.

»Was ist passiert, Rick?«, fragt Caro und findet somit als Erstes die Sprache wieder. Ich zeige ihr meine lädierte Hand. Sie führt mich sofort ins Bad und hilft mir, meine Hand zu versorgen. Der Hund hat mir größere Verletzungen zugefügt, als ich dachte.

»Lass los, Rick. Ich will es hier nur ablegen.«

Widerwillig lasse ich das Buch los. Während Caro anfängt, die Hand zu säubern, fange ich an zu erzählen. Ich merke selbst, dass ich dabei voll in meinem Element bin und alles theatralischer erzähle, als es in Wirklichkeit war. Der Hund war größer und der Kampf intensiver. Sie streicht mir mehrmals zärtlich über die Wange.

»Ach Ricksi, was machst du bloß immer für Sachen.« Sie lächelt, aber es wirkt verkrampft, wie die gute Miene zum bösen Spiel.

»Eigentlich mache ich keine Sachen, dieser ganze Mist kommt immer wie von selbst, als würde ich ihn anziehen.«

Sie reicht mir das Buch.

»Komm, wir gehen ins Wohnzimmer, du musst dich ausruhen.«

Ich schaue auf das Buch und bewundere wieder das fein gezeichnete Krokodil. Caro führt mich ins Wohnzimmer, als könnte ich nicht alleine laufen. Wir setzen uns nebeneinander auf die Couch. Es fällt mir schwer, aber ich lege das Buch vorsichtig vor mir auf den Couchtisch. Wir schauen beide darauf. Keiner traut sich, etwas zu sagen. Die Neugier, was der Inhalt dieser Lektüre sein könnte, hat uns augenscheinlich beide erfasst.

»Rick ...«

Ich unterbreche Caro, denn mir kommt Landmann wieder in den Sinn.

»Moment«, sage ich, während ich mein Handy heraushole und als Erstes feststellen muss, dass das Display einen Sprung hat. Außerdem sehe ich mit einem Blick, dass mich Landmann schon mehrmals versucht hat anzurufen. Das Telefon ist auf lautlos. Ich tippe auf Wahlwiederholung. Das Klingeln, je länger es dauert, wird zu einer Qual. Es hebt niemand ab. Der Anrufbeantworter springt an. Nachdem es endlich piept, sage ich:

»Hallo Herr Landmann. Ich habe den Inhalt des Schließfaches an mich genommen und musste dann, wie sie ja selbst gesehen haben, flüchten. Ich bin jetzt zu Hause und außer ein paar Kratzern geht es mir den Umständen entsprechend gut. Caro, also meine Freundin, sitzt neben mir. Ich bin mir aber ziemlich sicher, dass ich hier zu Hause auch mittlerweile in Gefahr bin. Wahrscheinlich haben Sie diese Bazillen hier mit eingeschleppt und sie wissen jetzt garantiert, wo ich wohne. Bitte rufen Sie mich so schnell wie nur möglich zurück und sagen mir, was ich jetzt tun soll. Moment ...« Caro macht mir ständig Zeichen, dass sie etwas sagen möchte.

»Sag ihm, wir steigen morgen ganz früh in den Flieger. Wir sind dann für zwei Wochen weg.«

Ich lege überrascht eine Hand auf das Telefon um das Mikrofon darin zu abzudecken.

»Wie kommst du darauf?«, frage ich verwundert. »Wir dürfen auch gar nicht weg, das hatte ich dir vorhin in der

Eile vergessen zu sagen. Wir sollen nicht mal die Stadt verlassen.«

Ihr Gesicht wird ernst und bekommt diese typische Strenge, die mir immer etwas Angst macht.

»Und ob wir hier verschwinden. Mir ist scheißegal, was die Bullen sagen. Willst du hier Däumchen drehen und warten, dass die Typen kommen, um sich das Teil«, sie zeigt auf das lederne Buch, »zu holen?« Sie verschränkt die Arme und lehnt sich wie ein bockiges Kind zurück. »Ich fliege auch alleine.«

Mir fällt wieder ein, dass der Anruf ja noch läuft. Ich halte das Telefon wieder ans Ohr und muss feststellen, dass die Zeit abgelaufen und das Gespräch beendet wurde. Ich schaue Caro erstaunt an.

»Wieso bist du dir eigentlich so sicher, dass wir morgen früh abfliegen? Du weißt doch noch gar nicht, ob wir eine Reise so schnell bekommen, oder ...« Ich stocke. »Oder hast du inzwischen etwa was gebucht?«

Mit einem Mal erhellt sich Caros Gesicht. Sie rückt an mich heran.

»Besser«, sagt sie mit einem unverschämten Grinsen. Sie schmiegt sich an mich. »Noch besser.« Jetzt flüstert sie, als würde sie gleich eine Überraschung lüften und niemand außer mir dürfte davon erfahren.

»Ich habe die Reise gewonnen.« Sie macht wieder eine Pause. Lang genug, um die richtige Dramatik aufzubauen, aber zu kurz, um mich nicht zu Wort kommen zu lassen. »Hahaha, da staunst du, mein kleiner Ricksi. Ich habe sie im Radio gewonnen.« Jetzt fängt sie aufgeregt an zu erzählen.

»Du kennst doch die Sendung, die wir auch schon zusammen gehört haben, mit dem Titel *Von jetzt auf gleich*.« Das war keine Frage von ihr.

»Da habe ich mich schon vor einer ganzen Weile angemeldet. Habe dir nie davon erzählt, da ich mir sowieso keine große Hoffnung gemacht habe, jemals dort zu gewinnen. Meine Erfahrung ist, dass immer die anderen um mich herum gewinnen und ich nie.« Sie holt laut Luft und nimmt meine Hand.

»Tja, was soll ich dir sagen? Heute wurde plötzlich mein Name genannt. Ich hatte drei Lieder Zeit, mich bei denen zurückzumelden, wie das halt immer bei diesen Radiogewinnspielen so ist.« Sie führt meine Hand zu ihrem Mund und bedeckt sie mit zärtlichen Küssen.

»Ricksi, du hättest sehen müssen, wie ich die Nummer in mein Telefon eingegeben habe. Ein paar Mal habe ich mich vertippt, weil ich es nicht geschafft habe, nicht zu zittern.«

Ich bin gerade dabei, mich erneut in meine Freundin zu verlieben. Es ist einfach eine Augenweide, wie sie mir diese Geschichte erzählt. Ich sehe, wie ihr Körper dabei bebt. Ihre Wangen haben diese wunderschöne Röte der Aufgeregtheit. Ihre Augen strahlen und glitzern zugleich. Wenn man doch diese Momente anhalten und aufnehmen könnte, um sie sich immer wieder abspielen zu können.

»Ich dachte schon, ich schaffe es nicht rechtzeitig, durchzukommen, da bereits das dritte Lied lief«, sprudelt es weiter aus ihr heraus. »Die Frau am Telefon war erst ganz ernst, bis sie sich sicher war, dass wirklich die Frau angerufen hat, die sie in ihrer Sendung benannt hat.«

Caro springt urplötzlich auf. Rennt regelrecht in die Küche und kommt in Windeseile mit einer Flasche weißem Rum, Cola und zwei Gläsern zurück. So schnell wie sie wieder da ist, muss alles schon parat gestanden haben. Ich kann und will eigentlich gar nichts sagen. Schaue ihr mit Entzücken dabei zu, wie sie die Gläser mit dem Alkohol und der Cola füllt und mir eines reicht. Sie stößt mit mir an und trinkt ihr Glas halb leer. Mit einem lauten Geräusch, da sie ihre Euphorie nicht unter Kontrolle hat, stellt sie es auf dem

Tisch ab. Diesmal ermahne ich sie nicht wie sonst, dass sie doch bitte einen Untersetzer dafür nehmen soll. Ich bemerke, dass ich, immer noch fasziniert von ihren Ausführungen, das Glas noch genauso halte, wie sie es mir gegeben hat. Ich nippe dran und fühle sofort, dass mir die kalte, sprudelnde Flüssigkeit guttut. Nehme noch einen großen Schluck und spüre der Wärme nach, die in mir durch den Alkohol aufsteigt.

»Und jetzt kommt das Allerbeste«, nimmt Caro das Gespräch, besser gesagt ihren Monolog, wieder auf. »Du glaubst nicht, wohin die Reise geht.«

Ihr glucksendes Lachen gepaart mit der Wärme in mir lässt mich in einen Caro-Rausch verfallen.

»Ich meine nicht nur, dass ich zum ersten Mal in meinem Leben etwas gewonnen habe, nein, es erfüllt sich auch endlich ein Traum, den ich schon ewig hatte.« Sie macht nochmal eine Pause. Timing für die richtig dosierte Dramatik hat sie, das muss ich ihr lassen.

»Wir fliegen nach ...« Wieder Pause. Ich bemerke, wie ich selbst die Luft anhalte.

»Nach Havanna!« Sie schaut mich mit weit aufgerissenen Augen an.

Ich bin so überwältigt von ihr, dass ich gar nicht adäquat reagieren kann.

»Ist das nicht absolut irre?«, schiebt sie noch hinterher.

»Ja, ist es«, krächze ich. Mehr scheint nicht drin zu sein.

Caro macht sofort einen Schmollmund. Mein Blick fällt auf den Nachlass meiner Mutter und alle Anspannung ist wieder zurück. Bin sofort versucht, zur Wohnungstür zu gehen, um wieder durch den Spion zu schauen. Dann zum Fenster, ob ich irgendwo verdächtige Personen oder Autos sehe.

»Ach Mann, Ricksi, du freust dich überhaupt nicht.«

Ich weiß nicht, was ich antworten soll.

»Was ist denn mit deiner Verletzung, so kannst du doch nicht fliegen. Eigentlich müsste ich dich wieder ins Krankenhaus bringen, damit du dich richtig auskurieren kannst. Außerdem solltest du doch dringend deine Aussage bei der Polizei machen« Ich weiß selbst, wie blöd diese Ausflüchte sind. Ich zeige auf das Buch. »Wir können doch nicht bei dem ganzen Mist den wir gerade an der Backe haben, einfach so verschwinden.«

Caro verschränkt wieder die Arme.

»Ja, du vielleicht nicht, Rick. Ich will hier weg. Gerade wegen dem ganzen Schlamassel, in den du uns gebracht hast.«

Wieder ist mir warm, aber es ist nicht der Alkohol, sondern das, was mir Caro gerade an den Kopf geworfen hat.

»Was soll denn das jetzt. Wieso bin ich daran schuld?«, frage ich, obwohl ich ja selbst immer so denke, dass ich an allem schuld bin.

»Ist ja gut, Rick, leg nicht immer jeden Satz gleich auf die Goldwaage, den ich sage. Ich bin halt sauer. Wem ist denn jetzt damit geholfen, wenn wir uns hier wie zwei gesuchte Gangster verstecken? Wann ist denn das vorbei? Was steht überhaupt in diesem kack Buch drin, dass es andere Leute zum Durchdrehen bringt?« Mit diesen Worten nimmt sie ihr Glas, leert es und stellt es zornig wieder zurück. Dann greift sie nach dem Buch. Ich halte ihren Arm fest.

»Caro, bitte lass das. Ich muss erst selber lesen, was dort steht, bevor ich das einem Fremden geben kann.«

Caro reißt sich los, lässt das Buch aber unberührt.

»Wird ja immer besser, Rick. Jetzt bin ich auch noch eine Fremde. Vielleicht sollte ich dich mal wieder daran erinnern, dass ich diejenige war, die für deine Flucht damals gesorgt hat. Und das, obwohl ich eigentlich meiner Stiefmutter geglaubt habe. Weiß nicht, ob *fremde* Menschen so etwas tun würden.« Sie macht eine Pause. Hat damit zu tun, sich selbst wieder in den Griff zu bekommen.

»Rick, ich liebe dich. Wirklich. Du bist ein verschrobener Typ, der sehr emotional ist. Außerdem einen Tick zu sensibel. Andere würden einfach nur Weichei zu dir sagen, aber das wird dem ja nicht mal ansatzweise gerecht, wie du wirklich bist. Auch ich musste mich erst mal daran gewöhnen, da ich vor dir ganz andere Kaliber von Männern hatte. Aber du bist meine Sonne, der Mann, der meine geschundene Seele wieder geheilt hat. Mit dem ich herrlichen Quatsch machen kann, und scheiße ja, mit dem der Sex einfach nur grandios ist. Aber du musst auch mal mehr ein Kerl sein. Dich nicht immer von irgendwelchen Lebensumständen einfach so umpusten lassen wie so ein dünnes Bäumchen ohne Wurzel.«

Wir schauen uns an. Je länger wir das tun umso weicher wird ihr Gesicht. Sie hat mit allem vollkommen recht und trotzdem wurmt es mich. Von jemandem, den man über alles liebt, zu hören, wie man so rüberkommt, ist nicht so prickelnd. Zumal, wenn ich ihr zwischen den Zeilen lausche, ich einfach Glück hatte, dass sie mich nicht gleich abgeschrieben hat, sondern sich auf ihren Instinkt verlassen hat.

Sie kommt mir wieder näher und nimmt mich in den Arm.

»Pass auf, Babe. Was hältst du von Folgendem?« Sie streicht mir über das Haar. »Wir packen jetzt die Koffer und nehmen das Buch einfach mit. Von mir aus, wenn du Angst davor hast, dass es wegkommt, auch ins Handgepäck. Wir suchen uns einen schönen Fleck am Strand und du kannst unter fantastischen Bedingungen, bei einem leckeren Cocktail, das Buch lesen. Ich lass dich da auch in Ruhe, weil ich wette, dass es eine Art Tagebuch ist. Das ist zu intim und geht mich nichts an. Wenn du nach dem Lesen dann den Drang hast, mit mir darüber zu sprechen, dann würde ich mich freuen und es gerne mit dir tun.« Sie schaut mich fragend an.

»Ricksi, zwei Wochen Kuba. Wir können mal so richtig die Seele baumeln lassen. Land und Menschen genießen. Von mir aus bleibst du am Strand und ich erkunde die Umgebung. Ich weiß ja, das ist sowieso nicht so dein Ding und wenn würdest du es nur für mich machen. Aber bei deinem ständigen Verbiegen bleibst du selbst und das, was für dich wichtig ist, auf der Strecke.«

Sie gibt mir einen Stups auf die Nase und anschließend küsst sie mich mit einer Leidenschaft, die ich vorher noch nie bei einer Frau erlebt habe. Mein Handy klingelt. Aus dem Augenwinkel sehe ich, dass Landmann dran ist. Ich fuchtele mit dem Display vor ihrem Gesicht herum. Sie verdreht die Augen und sagt schmunzelnd:

»Dann geh mal ran, wenn dein neuer Freund dich anruft.«

Jetzt muss ich auch grinsen, schiebe sie zur Seite und gehe ran.

»Hallo Herr Kommissar, ich habe mir schon Sorgen um Sie gemacht.« Bei dem Wort *Kommissar* schüttelt Caro gespielt genervt den Kopf.

»Aha«, sagt er. »Aber Sie haben Mist gemacht und ich bin mir nicht mehr sicher, ob Sie mir nun diesmal die Wahrheit gesagt haben?«

Obwohl ich nicht weiß, was er damit meint, wird mir heiß, so als hätte man mich bei etwas Illegalem erwischt.

»Ich kann Ihnen leider nicht ganz folgen. Sie haben doch am eigenen Leibe erlebt, was da auf dem Bahnhof los war. Ich konnte den Verfolgern entkommen.«

Keine Antwort. Okay, ich werde ihn jetzt überrumpeln.

Bei der derzeitigen Lage wird er kein Argument finden, was dagegen spricht. Ich nutze die Pause.

»Deshalb haben wir uns überlegt, dass wir von hier verschwinden. Wenn wir hier noch länger verweilen, sind wir glaube ich in größter Gefahr und Sie scheinen uns ja nicht wirklich schützen zu können. Oder nicht schützen zu wollen.« Rumms, jetzt ist es raus.

Keine Ahnung, woher plötzlich die Feindseligkeit in mir kommt. Ich schaue Caro an, die sich mir gegenüber gesetzt hat. Ihr Gesicht hat sich aufgehellt, als sie vernommen hat, was ich gesagt habe. Damit habe ich ihrer Idee zugestimmt, dass wir diese Reise antreten werden.

»Kann ich dann mit meinen Ausführungen fortfahren?«, fragt Landmann. Ich sage nichts.

»Vielen Dank. Können Sie mir noch mal glaubhaft versichern, dass Sie nicht wussten, was Ihnen Ihre Mutter da hinterlassen hat?«

Ich schaue auf das Buch, das vor mir liegt.

»Ja, ich wusste nicht, was in dem Fach sein wird«, fauche ich ihn an. »Und da ich noch nicht reingeschaut habe, weiß ich auch immer noch nicht, was daran so besonders sein soll.«

»Erstens, Herr Ender, weiß ich ja nicht, dass Sie überhaupt etwas mitgenommen haben. Auf jeden Fall haben Sie dann nicht alles aus dem Fach geholt.« Seine Stimme fängt an, einen bedrohlicheren Klang anzunehmen. »Wenn ich nicht da gewesen wäre, hätte es vielleicht zu einem echten Unglück kommen können. Sie haben das Fach ja offengelassen und das Einzige, was ich Ihnen zugutehalten kann, ist, das Sie da so schnell wie möglich wegmussten. Ich habe sicher gestellt, was Sie aus dem Schließfach nicht mitgenommen haben.«

Mich nervt sein Gerede irgendwie.

»Wissen Sie, an anderer Stelle mag ja Ihre Art, wie Sie

Geschichten dramatisch aufbauen, ganz angebracht sein, aber ich verstehe nicht, warum Sie jetzt bei mir so ein Gewese machen. Was haben Sie denn da noch gefunden, lieber Herr Kommissar?« Das ist auch so eine typische Rick-Sache: Wenn ich nicht mehr weiter weiß oder mich irgendetwas nervt, fange ich an, sarkastisch zu werden.

»Sie wissen wirklich nicht, was Sie da zurückgelassen haben?«

Jetzt reicht es mir.

»Mann, nein, ich weiß es nicht! Hauen Sie es doch einfach mal raus. Muss ja was ganz Dolles sein!«, sage ich laut. Ich fühle durch das Telefon hindurch, wie Landmann sich beherrschen muss und ich glaube auch, ich bin zu weit gegangen, so mit dem Polizisten zu sprechen.

»Wir haben eine Pistole M gefunden. Besser bekannt als Makarow.« Er wartet meine Reaktion ab.

Caro schaut mich stirnrunzelnd an. In meinem Gesicht ist also meine Reaktion schon mal zu sehen. Ich kann nichts sagen. Es ist gar nicht mal die Tatsache, dass er da eine Waffe gefunden hat, es ist eher mein Unverständnis, warum meine Mutter eine Waffe hatte und sie mir auch noch hinterlassen wollte. Anscheinend war es ja ihr Wunsch, dass mir jemand nach ihrem Ableben den Zugang zu diesem, zu ihrem Schließfach verschafft.

»Wäre ich nicht da gewesen, hätte sich irgendein Passant die Pistole nehmen können.«

Ich schüttele mich, um irgendwie mit dieser Nachricht klarzukommen. Wieder fällt mir mein Vater ein, oder besser gesagt der Typ, der sich für meinen Vater ausgegeben hat. Ich will alles immer am liebsten auf ihn schieben. Jeder, der meine Mutter kannte und das jetzt alles hören würde, würde genauso denken. Aber warum will sie mir etwas vermachen, was meinem Vater gehört hat? Denn das ist doch offensichtlich. Das weiß sogar ich, dass die Makarow die Dienstwaffe der Staatssicherheit war.

»Das tut mir leid«, sage ich aufrichtig und reumütig. »Herr Landmann, ich versichere Ihnen, ich wusste nicht, was ich dort vorfinden würde. Die Waffe habe ich nicht bemerkt. Die muss erstens weiter hinten drin gelegen haben und zweitens hatte ich, wie Sie ja wissen, nicht die Zeit zu schauen, ob das Fach noch etwas enthält. Mann, Landmann, wenn Sie meine Mutter gekannt hätten, dann wären Sie jetzt genauso verwundert wie ich. Der Typ, mit dem Sie verheiratet war, dem ist alles zuzutrauen, der war ein totales Dreckstück, aber meine Mutter doch nicht.« Ich wundere mich, dass ich schon nicht mehr *mein Vater* sage. Mir kommt ein Gedanke.

»Vielleicht wurde sie gezwungen. Mich hatte es immer schon gewundert, jedenfalls ab der Stelle, als ich erfahren habe, was er für einen Beruf ausführt, dass meine Mutter da ganz außen vor ist. Andererseits, wenn ich nochmal darüber nachdenke, war er immer seltener zu Hause. Irgendwann war er nur noch auf dem Papier der Ehemann meiner Mutter. Ach Mann, ich weiß es doch auch nicht.« Ich weiß, ich könnte jetzt einfach mal in das Buch schauen, um zu wissen, welch großes Geheimnis dort versteckt ist, aber ich kann mich einfach nicht dazu durchringen. Es ist wahrscheinlich die Angst, meine Mutter in einem anderen Licht zu sehen. Ich weiß nicht mehr, was ich sagen soll. Nicht mal mehr, was ich denken soll. Landmann holt tief Luft, doch ich bin schneller:

»Ich packe jetzt meinen Koffer und nehme das Buch mit. Morgen früh um ...« Ich schaue zu Caro.

»Sechs Uhr«, flüstert sie mir zu.

»Morgen früh um sechs geht unser Flieger. Wenn Sie uns in den nächsten zwei Wochen sprechen wollen, müssen Sie nach Kuba kommen. Um es genauer zu formulieren, nach Havanna, und ich hoffe inständig, Sie werden nicht versuchen, uns davon abzuhalten«, sage ich mit viel Nachdruck in der Stimme.

»Ich bin um 4:30 Uhr bei Ihnen und bringe Sie beide zum Flughafen. Bis dahin habe ich einen Beamten vor Ihrem Mietshaus abgestellt. Sie können sich sicher sein, an dem kommt niemand so leicht vorbei.«

Wow, ich konnte ihn also davon überzeugen, dass ich nichts mit alledem zu tun habe.

»Wieder jemand, der Ihnen einen Gefallen schuldig ist?«, frage ich süffisant.

»Bis morgen, Herr Ender.«

Landmann hat aufgelegt. Erst jetzt bemerke ich, dass ich am ganzen Körper zittere. Meine Mutter hat mir eine Pistole hinterlassen.

8

Sie möchte so gerne trinken. Ihr gesamter Körper lechzt nach Flüssigkeit. Einen Arm haben sie ihr freigelassen, damit sie aus der Flasche, die vor ihr auf dem Metalltisch steht, trinken kann. Sie hat es zweimal versucht, obwohl die Flüssigkeit eine Farbe besitzt, die Ekel in ihr entfacht hat. Jeder Schluck hat ihr größere Schmerzen verursacht als die Schläge und Tritte, die sie vorher hat einstecken müssen. Wenn man genau hinschaut, hat die Frau, die mindestens das 70. Lebensjahr überschritten hat, sehr hochwertige Kleidung an, doch jetzt sieht sie eher wie eine Obdachlose aus, die die Klamotten schon seit Ewigkeiten am Leibe trägt. Ihr Gesicht ist verschmiert und man könnte denken, sie hat geweint, sodass die Tränen ihre Schminke unvorteilhaft auf ihrer Haut verbreitet haben. Nein. Keine einzige Träne hat sie vergossen. Keine, die einer der Kerle hätte sehen können. Als sie hier gefangen genommen und geschlagen und gedemütigt wurde, kamen wieder die Bilder aus ihrer Studienzeit hoch. Damals, in der ehemaligen DDR, als sie noch eine junge naive Frau gewesen war. Der Unterschied von heute zu damals ist, dass keiner der Typen mehr das Verlangen hat, eine alte Frau zu vergewaltigen. Das war aber anscheinend der einzige Vorteil ihres Alters. Es hat die Typen nicht davon abgehalten, sie immer wieder zu schlagen. Immer wieder. Sie konnte den Qualen ewig standhalten, niemand hörte sie schreien oder jammern. Sie schafft es, Körper und Geist für eine kurze Zeit zu trennen. Erst, als man sie alleine gelassen hat, kamen die Schmerzen wieder zurück und ihr Mund entließ Laute, die man nur von Tieren kannte. Es gab so viele Fragen, die sie aus mehreren Gründen nicht beantworten konnte. Entweder sie verstand die Sätze nicht mit ihrem bisschen Spanisch, das nur Wörter enthielt, mit denen man einen Kellner oder Friseur etwas fragte, oder sie wusste einfach nicht, wovon die Männer redeten. Zwischenzeitlich dachte sie schon, man habe sie verwechselt. Nichts hätte sie ihnen gesagt. Nichts. Bis sie ihr das Video zeigten und sie sofort aufgab. Ihrem Sohn tat niemand etwas an. Niemand. Das hatte sie sich geschworen, auch wenn die Geschichte, wie sie zu ihrem Kind gekommen war, abscheulich war und andere in ihrer Situation abgetrieben hätten. Nein, das, was ihr damals widerfahren ist, hat das Band zu ihrem Sohn noch enger geschnürt. Als sie dann das Video sah, das ihren Sohn in einer Zelle unter unwürdigsten Umständen zeigte, hatte man sie gebrochen. Für ihn würde sie alles machen. Alles.

Das Quietschen der Metalltür, die gerade geöffnet wird, lässt sie zusammenzucken. Und wieder durchfließt der Schmerz wie glühende Lava ihren Körper. Das Licht geht an. Sie muss den stechenden Schmerz in ihren Augen wegblinzeln. Sie weiß nicht mehr, wie lange sie schon hier ist. Sie weiß nicht, wann sie das letzte Mal Licht gesehen hat. Ein Kubaner, den sie vorher noch nie gesehen hat, bewegt sich tänzelnd auf ihren Tisch zu. Sie greift die Flasche und versucht, sie dem Mann entgegen zu werfen. Aber sie kullert nur jämmerlich über den Tisch, sodass der Mann alle Zeit der Welt hat, sie wieder hinzustellen.

»He, he, meine Liebe, wer wird denn hier so feindselig sein?«

Die Frau ist verwundert. Er spricht ihre Sprache, als ob er nie etwas anderes gelernt hätte. Vollkommen akzentfrei. Sie ist sich trotzdem sicher, dass er auch ein Kubaner ist. Sie lehnt sich trotzig zurück, zumindest versucht sie es, soweit wie die Kette, die ihren rechten Arm an den Tisch bindet, es zu lässt. Der Mann macht Anstalten, sich auf den Tisch zu setzen, aber als er sieht, wie dreckig er ist, lässt er es bleiben. Etwas unbeholfen steht er vor ihr. Seine Augen werden von einer Gucci-Sonnenbrille verdeckt. Er trägt einen weißen Anzug, der hier in der Umgebung der Zelle vollkommen absurd aussieht. Auch alle anderen Klischees eines wohlhabenden Mannes trägt er mit Wonne zur Schau. Der blitzende Brillant an seinen Zähnen ist der Höhepunkt eines völlig überzeichneten reichen Kubaners.

»Ich komme doch mit guten Nachrichten hierher«, sagt er mit einer gespielt traurigen Stimme.

Die Frau schaut auf, mit sehnsuchtsvollem Blick.

»Sie haben meinen Sohn freigelassen?« Ihre Stimme ist so leise, dass sie schon Angst hat, der Mann hätte sie nicht verstanden. Er macht ein betrübtes Gesicht, dem man sofort ansieht, dass es nicht echt ist.

»Das leider noch nicht. Es wird noch einen kleinen Moment dauern, bis Sie Ihren Sohn wieder in die Arme schließen können.« Er versucht, seiner Stimme einen entschuldigenden Ton zu geben, aber es hört sich eher verhöhnend an. Er räuspert sich.

»Ich hoffe, er schafft es, da wieder lebend herauszukommen, denn er benimmt sich den Wärtern gegenüber, sagen wir mal, nicht sehr höflich und zuvorkommend. Irgendwann reißt den Männern der Geduldsfaden und da ich Ihren Sohn erlebt habe, kann ich sie auch verstehen. Vielleicht helfen ja die Maßnahmen, die jetzt angewendet werden, ihm ein wenig das vorlaute Mundwerk zu schließen.« Er nimmt für einen Moment seinen weißen Hut ab und streicht sich über das übermäßig gegelte Haar.

»Deshalb bin ich aber nicht hier. Irgendwie ist mir auch Ihr Balg vollkommen egal. Aber Sie dürfen wieder gehen. Natürlich erst, wenn Sie das hier unterschrieben haben.« Mit diesen Worten holt er ein Blatt Papier aus seiner Jackettinnentasche hervor, pustet einmal über den Tisch und legt ihr das Dokument hin. Aus der anderen Innentasche fingert er einen Kugelschreiber hervor.

»Ist nur eine kleine Vereinbarung zwischen uns, dass Sie hier wunderbar untergebracht waren und es Ihnen an nichts gefehlt hat.« Er grinst sie an und sie könnte in Ruhe alle seine Zähne zählen, so breit ist sein Lächeln.

Als sie den Kugelschreiber in der linken Hand hält, muss sie der Versuchung widerstehen, ihm den Stift in seinen Körper zu rammen. Der Mann stützt sich auf den Tisch und nähert sich ihrem Gesicht bis auf ein paar Zentimeter.

»Versuche es, du kleine Schlampe.«

Ihre Blicke treffen sich und sie schafft es, ihm ohne mit der Wimper zu zucken in seine widerlichen Augen zu schauen.

»Sie müssten mir schon meinen rechten Arm zur Verfügung stellen, damit ich das hier unterschreiben kann.« Diese Stimme, da ist sie sich sicher, hat er verstanden. Ein leichtes Zucken verrät ihr, das er nicht vollkommen unbeeindruckt von ihr ist.

»Natürlich«, flüstert er und hat wie aus dem Nichts den Schlüssel in der Hand, um sie von der schweren Eisenkette zu befreien.

Mit aller Macht bewegt sie den Arm, und es braucht einen Moment, bis sie ihn wieder fühlt. Sie unterschreibt und vermeidet es, dabei zu zittern.

»Und nochmal vielen Dank für Ihre großartige Hilfe.

Der Freund Ihres Sohnes ist auf dem Weg hierher. Wenn er da ist, lassen wir auch Ihren Sohn frei«, sagt er in einem süffisanten Ton. Nachdem er den Kugelschreiber und das unterschriebene Dokument wieder in seinem Jackett verstaut hat, dreht er sich um. Als er fast an der Tür ist, sagt die Frau:

»Ist er alleine?«

Der Mann dreht sich um und sein Gesicht zeigt Verwunderung.

»Nein, er bringt seine Freundin mit, die ja diese Reise gewonnen hat.« Bei dem Wort *gewonnen* setzt er imaginäre Anführungszeichen in die Luft. »Warum interessiert Sie das?«

»Weil sie meine Stieftochter ist und ich nicht möchte, dass ihr etwas passiert.«

9

Landmann ist pünktlich, etwas anderes hätte ich auch nicht von ihm erwartet. Als ich den Koffer in seinen Kofferraum wuchte, schaut er mich mitleidig an. So ein Blick unter Männern, der bedeutet, oh je, was hat denn die Frau da alles eingepackt. Ich nicke ihm verständnisvoll zu und lüge ihn damit an. Tatsächlich bin ich derjenige, der so viel eingepackt hat. Bei uns ist in vielen Belangen Rollentausch angesagt. Ich koche gerne und gut und bin ein mieser Handwerker mit den typisch klischeehaften zwei linken Händen. Bei Caro ist es genau umgekehrt. Bisher ist uns diese Verteilung noch nicht auf die Füße gefallen, eher ergänzen wir uns damit wunderbar. Das werde ich natürlich Landmann nicht auf die Nase binden. Wahrscheinlich ist er auch einer dieser Machos, der solche Typen wie mich belächelt.

Endlich gesellt sich auch Caro zu uns. Wir scheinen alle drei Morgenmuffel zu sein, deshalb ist die Kommunikation nur spärlich und geht nicht über *einen guten Morgen* und *dann wollen wir mal losfahren* hinaus. Bevor Landmann einsteigt, gibt er einem Mann, der mir dato noch nicht aufgefallen war, ein Zeichen, worauf dieser in der Dunkelheit verschwindet. Das muss unser nächtlicher Aufpasser gewesen sein. Entweder er hat einen super Job gemacht, oder niemand hat versucht, uns aufzusuchen.

Kurz bevor wir den Flughafen erreichen, wird Landmann redseliger.

»Ender, meinen Sie wirklich, dass es so eine gute Idee ist, das Buch mit auf die Reise zu nehmen?« Er schaut stur nach vorn, jedenfalls möchte er mich das glauben machen. Ich kann erkennen, dass er auf eine Reaktion von mir wartet. Nur haben diese Worte von ihm bei mir die Auswirkung, dass ich sofort den Griff fester anfasse, vom Rucksack, in dem nichts weiter drin ist als der Nachlass meiner Mutter.

»Ich werde das Teil ganz sicher nicht zu Hause lassen, da finde ich es doch schon bei Weitem sicherer, das Buch am Mann zu haben«, sage ich in einem Ton, der dem Kommissar unmissverständlich klar macht, dass ich nichts an meiner Meinung ändern werde.

»Sie könnten es ja auch bei mir lassen. Da wäre es doch am sichersten«, versucht er es nochmal. Ich drehe mich zu ihm.

»Ganz sicher nicht«, sage ich. Darauf sagt Landmann nichts mehr.

Ich schaue zur Rückbank und blicke direkt in das selige Gesicht von Caro, die mit ihrer gesamten Körpersprache ausdrückt, dass sie glücklich ist wie lange nicht mehr. In mir steigt sofort Wärme empor, wenn ich sie so sehe. Sie hat die Augen geschlossen und ich bin mir nicht sicher, ob sie unser kleines Gespräch eben gehört hat, oder einfach nur vor sich hin träumt, denn schlafen tut sie hundertprozentig nicht.

Der Wagen hält.

»Wir sind da«, sagt Landmann überflüssigerweise.

»Vielen Dank fürs Herfahren«, sage ich, während ich aussteige.

Caro streckt sich, kaum dass sie das Auto verlassen hat, und geht ohne sich umzudrehen zum Eingang.

»Kuba, ich komme«, höre ich sie noch sagen, bevor die Schiebetür hinter ihr schließt.

Gut, das habe ich auch verstanden. Wer den Koffer so vollpackt, der ist auch verantwortlich für ihn. Ich setze meinen Rucksack auf, und hole unseren Koffer aus Landmanns Wagen heraus. Das gelingt mir erst beim zweiten Mal, denn er ist wirklich schwer. Ich gehe zum Eingang und drehe mich nochmal um.

»Na dann, bis in zwei Wochen und schnappen Sie die Leute, damit ich nach unserer Reise wieder mein normales und, ich weiß, vollkommen stinklangweiliges Leben weiterleben kann.«

»Ich tue mein Bestes. Halten Sie mich auf den Laufenden, Herr Ender«, sagt Landmann.

»Sie können Rick sagen.« Ohne groß darüber nachzudenken habe ich den Satz ausgesprochen und ärgere mich sofort darüber.

»Alles klar«, sagt er. »Ich bin der Dirk.«

10

Es ist kurz vor fünf am Morgen und vor mir breitet sich ein Klangteppich aus aufgeregten Leuten aus. Meine Augen haben Probleme, die vielen Menschen zu erfassen. Als hätte mich einer auf eine große Bühne geschubst, so komme ich mir vor. Mein Gehirn taumelt von einem Eindruck zum nächsten und kann nichts davon behalten. Für einen Moment weiß ich nicht, wer ich bin und was ich hier mache. Wo ist Caro, verdammt nochmal. Warum musste sie unbedingt schon vorausgehen? Auf meinem Handy sind die Tickets, also ohne mich kommt sie hier nicht wirklich weiter. Ich halte mich krampfhaft am Griff des Rollkoffers fest, weil wieder mal alles um mich herum in Bewegung ist. Ich schaue zu Boden. Ich mache die Augen zu. Der Schwindel lässt sich nicht einfach überwinden. Am liebsten würde ich jetzt schreien, aber auch wenn es um mein Leben ginge, es käme kein Laut aus mir heraus. Panik steigt langsam in mir auf, als mir einfällt, dass ich die Tabletten gegen meine Angst vergessen habe einzunehmen, die mir meine Therapeutin verschrieben hat. Ich muss dringend etwas trinken, doch ich habe nichts dabei. Der Gedanke und das Gefühl, dass ich Durst habe, wird immer schlimmer, je mehr ich daran festhalte. Unter mir scheint sich der Boden zu öffnen. Mir ist alles egal. Langsam gehe ich in die Hocke und lasse mich einfach fallen. Die Geräusche um mich herum werden immer lauter und immer schneller, als gäbe es einen Zeitraffer. Jemand berührt mich, sagt etwas. Ich schaue auf. Ein Mann. Ich verstehe nicht, was er sagt, aber ich bin mir sicher, es ist einer von *denen*.

»Nein!«, brülle ich ihn an.

»Das ist meins, das hat meine Mutter mir gegeben. Mir! Verstehst du? Mir!« Er versucht, mich am Arm hochzuheben, doch ich reiße mich los. Schlage unsanft auf dem Boden auf. Mein Kopf dröhnt.

»Geh weg!«, schreie ich. Zumindest glaube ich, dass ich schreie, ob wirklich irgendetwas aus meinem Mund herauskommt, weiß ich einfach nicht. He, da ist doch jemand an meinem Rucksack.

»Geh weg, das bekommt ihr nicht.« Ich muss ein Stück auf dem Boden robben, weil der Koffer weiter gerollt ist. Ich greife nach ihm und versuche, mich an ihm hochzuziehen. Schaffe es fast, um dann mitsamt dem Koffer wieder auf den Boden zu landen. Hände. Überall sind Hände, die nach mir greifen wollen. Nein, nicht nach mir, nach meinem Rucksack. Mutter, was hast du getan? Was hast du mir da vermacht?

»Machen Sie mal bitte Platz«, sagt jemand. Die Hände verschwinden. Ich sehe alles verschwommen, wie hinter einer ungeputzten Scheibe.

»Kommen Sie, ich helfen Ihnen.« Wieder greift jemand nach mir, doch ich habe keine Kraft mehr, mich dem entgegenzustellen.

»Weg vom Rucksack, nehmen Sie Ihre Griffel da weg«, flüstere ich, denn ich habe keine Kraft mehr zum Brüllen.

»Alles gut, beruhigen Sie sich, wir sind von der Flughafensicherheit.« Ich versuche, ihn anzusehen, und es dauert eine gefühlte Ewigkeit, bis sich endlich der Schleier vor meinen Augen lichtet.

»Ist Ihnen nicht gut, sollen wir einen Arzt rufen?«

Ich starre ihn an, während er mir aufhilft. Ich stehe und fasse als Erstes nach den Riemen meines Rucksackes. Alles da. Ich ziehe meinen Arm weg.

»Es geht wieder, danke.« Noch immer fegen tausende Gedanken durch meinen Kopf und ich bin mir gerade nicht sicher, wo ich bin und was ich hier will.

»He, lassen Sie den Mann in Ruhe.« Caros Stimme lässt die wirren Gedanken verschwinden.

»Gehören Sie zu dem Herren?«, fragt der Sicherheitsbeamte und zeigt auf mich.

»Ja, klar gehört er zu mir«, keift Caro ihn an.

»Was hat er für ein Problem? Sollen wir vielleicht doch einen Arzt holen? Er hockte hier vollkommen apathisch auf dem Boden und hat die Leute, die ihm helfen wollten, angeschrien«, sagt der Sicherheitsmann.

Caro schaut mich kurz an, dann wendet sie sich wieder dem Beamten zu.

»Er mag einfach keine Menschenmassen und bekommt dann Panikattacken, aber vielen Dank, dass Sie geholfen haben.« Wie aus dem Nichts hat Caro das wütende Gesicht durch ein freundlich lächelndes ersetzt.

»Dann sollten Sie vielleicht bei Ihrem Freund bleiben, wenn Sie wissen, dass so etwas passieren kann. Ich wünsche Ihnen noch einen schönen Tag.« Der Beamte schaut uns beide nochmal prüfend an. Dann geht er mit seinen beiden Kollegen, die sich die gesamte Zeit etwas abseits des Geschehens aufgehalten haben, und ist innerhalb weniger Sekunden nur noch ein weiterer Teil der Menschenmassen in der Flughafenhalle.

»Mann, Ricksi, was machst du denn wieder für Sachen. Kann man dich nicht einmal alleine lassen, ohne dass du fremde Menschen belästigst?«, fragt Caro lachend. Mir ist so gar nicht nach Lachen zu Mute.

»Wo warst du? Kannst mich doch nicht einfach stehen lassen.«

Caro verdreht die Augen.

»Ich dachte, du quatschst da noch ewig mit deinem Landmann. Mir ist eingefallen, dass ich ja wirklich an alles gedacht habe, aber das Wichtigste, das man eigentlich gar nicht vergessen kann bei so einer Reise, habe ich nicht eingepackt.« Caro holt in Zeitlupe und sehr theatralisch einen sonnengelben Bikini aus ihrem Einkaufsbeutel.

»Wenn der nicht geil aussieht!«, flüstert sie mit viel Erotik in der Stimme.

»Ja, sieht gut aus«, sage ich nur, weil ich schon wieder das Gefühl habe, dass sich die nächste Panikattacke anbahnt. »Lass uns jetzt so schnell wie möglich einchecken«, sage ich gequält.

Caro macht einen Schmollmund, nimmt den Koffer und hakt mich unter.

»Dann komm, alter Mann, auf ins Flugzeug«, sagt sie, jetzt wieder lachend. Anscheinend kann ihr heute niemand die Laune verderben.

Wir gehen zu einem der Schalter und stellen uns dort an. Gott sei Dank stehen nur drei Reisende vor uns, sodass ich hoffen kann, hier schnell durchzukommen. Mein Blick fällt auf die Leute am zweiten Schalter, der auch für unseren Flug zuständig ist. Mir ist plötzlich, als ob sich Hände um meinen Hals legten und ihn ganz langsam zudrückten. Ein Mann, der mir irgendwie bekannt vorkommt, schaut die ganze Zeit zu uns herüber. Als sich unsere Blicke treffen, ist es wieder, als würde sich der Boden unter mir öffnen. Mir ist, als würde ich in den Spiegel schauen.

11

»Rick?«

Ich schaue Caro an.

»Was?« Ich sehe nicht mehr durch. Woher kenne ich den Mann? Also, nein. Warum denke ich, dass ich ihn kenne?

»Rick? Wir sind dran. Die Tickets. Dein Handy.«

Ich weiß nicht, was Caro von mir will. Der Mann sieht aus wie ich, aber in älter. Ja, mein Gott, warum nicht. Es wird wohl schon ähnliche Menschen auf der Welt geben. Wie sonst schaffen es viele Prominente, Doppelgänger von sich zu finden.

»Sie wissen schon, dass Sie nicht der Einzige sind, der mit dem Flugzeug fliegen möchte«, sagt ein Mann hinter mir.

Zornig drehe ich mich zu ihm. Als ich seine Größe und Körperstatur sehe, ist der Zorn in mir verflogen. Ich drehe mich wieder zu Caro. Sie schaut mich erwartungsvoll an.

»Rick, du hast die Tickets auf deinem Handy«, sagt sie vorwurfsvoll.

Jetzt verstehe ich. Bin perplex und brauche einen Moment, um zu eruieren, wo ich mein Telefon hingesteckt habe. Ich reiche es ihr.

»Mach du«, sage ich und warte keine Reaktion ab. Wende mich wieder der Schlange neben uns zu. Mist, der Typ ist weg. War er überhaupt da? Würde ich ihn auch sehen, hätte ich zu Hause meine Tabletten eingenommen? Ich muss sofort im Flieger schauen, ob ich ihn da wieder sehe.

Caro gibt mir mein Handy wieder und nimmt mich am Arm.

»Mann, Rick, fliegst du zum ersten Mal? Koffer ist weg, jetzt müssen wir zum Check-in. Versuch dich mal wenigstens bei der Sicherheitskontrolle normal zu benehmen, sonst denken die noch, du bist so ein Psychopath.«

Ich lasse mich wie ein kleiner Junge Richtung Check-in führen. Höre ihr nicht zu. Mein Blick wandert unablässig durch die Menschenmassen in der Hoffnung, den Mann wieder zu sehen.

»Hast du den Mann eben neben uns gesehen?«, frage ich aufgeregt.

Caro verzieht das Gesicht.

»Was ist denn jetzt wieder? Sag nicht, die haben uns doch gefunden.« In ihrer Stimme schwebt zum ersten Mal heute etwas Ängstlichkeit mit.

»Was? Nein. Also ich hoffe nicht. Der Mann neben uns in der Schlange, der immer zu uns rübergeschaut hat«, sage ich halbherzig zu ihr, da meine Augen immer noch die Umgebung nach ihm absuchen. Caro schüttelt mich sanft.

»Rick! Was ist denn bloß mit dir los? So extrem wie heute habe ich es ja schon lange nicht mehr erlebt. Hast du deine Tabletten überhaupt genommen?«

Ich kann mich jetzt nicht von ihr ablenken lassen. Der Typ muss doch hier irgendwo sein. Fliegt mit demselben Flugzeug. Caro bleibt abrupt stehen. Sie zwickt mir in den Arm, so, dass ich aufjaulen muss. Ich schaue sie wütend an.

»Was soll das denn jetzt?«, frage ich sie erbost.

»Sag mal, bist du bescheuert, Rick? Das frage ich dich. Entweder du benimmst dich jetzt wie ein normaler Mensch, oder ich fliege alleine. Ich habe ja viel Verständnis für dich und du hast in letzter Zeit viel durchgemacht. Wie im Übrigen ich auch. Aber so langsam habe ich keine Lust mehr. Du benimmst dich wie ein kleines Kind. Ich kann dich ja nicht mehr für voll nehmen. Wahrscheinlich hast du dir diesen ominösen Mann nur eingebildet. Wie so oft!«

»Ja, jetzt fall du mir auch noch in den Rücken. Sprich es doch aus! Ich bin irre, ich sehe Krokodile und noch viele andere Sachen, die es nicht gibt. Und es macht mir auch so unendlich viel Spaß.« Mir ist schwindlig vom Aufregen.

Ja, ich benehme mich tatsächlich gerade wie ein kleines bockiges Kind, das seinen Willen nicht bekommt.

»Aber wie du dich ja sicher noch erinnern kannst, denke ich mir nicht alles aus, obwohl ich es mir manchmal wünschen würde. Neschlin, mein bester Freund, der jetzt auch noch mein Halbbruder war, mein Vater, der aus dem Nichts erschienen ist. Ja, das ist alles schon eine Weile her und ich dachte auch, nein, ich dachte nicht, ich wünschte es mir, dass das jetzt alles vorbei ist. Nur ist es das nicht. Denn jemand musste dir ja unbedingt ins Bein schießen. Ich musste ein weiteres Mal mit ansehen, wie jemand erschossen wird. Ehrlich, darauf kann ich verzichten, und sehr gerne würde ich mir das alles nur vorstellen müssen. Dann könnt ihr mich irgendwo einweisen und alle, inklusive ich, hätten ihre Ruhe. Aber nein, ich, besser gesagt wir, müssen uns ja in so einem billigen Actionfilm wieder finden. Scheiße ja, damit komme ich nicht klar! Scheiße ja, ich habe höllische Angst, und nicht nur um mich, ich habe auch Angst um dich. Und ja, mein sensibles Gemüt kommt mit dem ganzen Scheiß nicht klar. Ich schleppe hier etwas in meinem Rucksack mit, das ich am liebsten verbrennen möchte. Wenn es nicht von meiner Mutter wäre, die ich nun mal über alles geliebt habe, würde ich es auch tun. Scheißegal, was da drin steht. Verbrennen oder diesen Leuten geben.« Erschöpft höre ich auf zu reden.

Caro schmiegt sich an mich. Während um uns herum ein Meer aus Menschen rauscht, fühle ich mich in ihren Armen wie auf einer sicheren Insel. Ich lasse meinen Kopf auf ihre Schulter sinken. Atme ihren wundervollen Duft ein. Möchte für immer so verweilen. Sie nimmt meinen Kopf in ihre Hände und es zerreißt mir das Herz, Tränen in ihren Augen zu sehen. Sie nicht. Sie ist doch die Starke. Sie sollte nie weinen müssen. Sofort komme ich mir wieder wie der größte Loser aller Zeiten vor.

»Rick, mein Liebster, es tut mir leid. Auch meine Nerven sind kurz vorm Zerreißen. Ja, ich weiß nicht recht, wo das alles hinführt, ich weiß nicht, was in dem Buch so Besonderes steht, dass wir uns mal wieder in Gefahr befinden. Komm, wir versuchen jetzt im Hier und Jetzt zu sein. Diese Reise ist vielleicht die Entschuldigung des Schicksals, damit wir wieder mal durchatmen können. Wir beide, du und ich, an einem Strand vor Havanna. Stell es dir vor. Meine Haut auf deiner. Nur mit diesem Nichts von gelben Bikini und du ...«, sie kichert, »mit deiner beigefarbenen Badeshorts, die dir wahrscheinlich vor zwanzig Jahren deine Mutter ausgesucht hat.«

Ihr glucksendes Lachen erzeugt sofort eine wohlige, warme Gänsehaut bei mir.

»Beide trinken wir einen eisgekühlten Mojito, dessen Eiswürfel im Sonnenlicht wie Diamanten glitzern. Wir schließen die Augen und hören dem Meer zu. Nur du und ich.«

Wir stehen noch einen Moment so da. Genießen die Zweisamkeit. Sie küsst mich erst zärtlich, dann wieder mit einer Leidenschaft, die alles in mir verbrennen lässt.

»Los, wir checken jetzt ein. Lassen nochmal dieses blöde

Prozedere über uns ergehen und ehe wir uns versehen, schweben wir über den Wolken.«

Wir gehen Richtung Gate und zum ersten Mal sind mir die vielen Menschen um uns herum egal. Ich gehe wie durch einen Tunnel, bis ich den Mann plötzlich vor uns sehe. Als er sich umdreht, ist der Schwindel sofort wieder zurück. Ich lasse Caros Hand los und muss mit viel Willenskraft meinen Arm heben.

»Da ist er wieder«, sage ich heiser und zeige mit dem Finger auf ihn, damit Caro ihn sehen kann. Sie weiß sofort, wen ich meine.

»Wow«, stößt sie nur aus. Ihr Gesichtsausdruck ist aber anders, als ich angenommen hätte. Sie schaut, als hätte sie gerade einen Weltstar gesehen. Sie guckt wieder zu mir.

»Jetzt weiß ich, warum du so aufgebracht warst. Der Typ sieht ja wirklich aus wie eine ältere Version von dir. Weißt du noch? Wie wir das mal mit dieser App gemacht haben, wo wir auch sehen konnten, wie man mal im Alter aussieht?« Caro ist wie ein aufgeregtes Kind. »Wenn wir den im Flieger wiedersehen, dann musst du mir mal dein Handy geben, dann mache ich heimlich ein Bild von ihm. Das glaubt uns ja sonst keiner.«

So, wie Caro darüber redet, wird es in mir auch entspannter. Sie hat ja recht. Ist einfach ein Riesenzufall, und wenn man noch ein Bild von ihm hat, toller Gesprächsstoff bei der nächsten Party, die ja Caro immer so gerne veranstaltet.

Die Überprüfungen im Sicherheitsbereich sind wie immer sehr nervig. Ich brauche ewig bis ich endlich den Gürtel aus der Hose habe. Beim Anziehen kommt es zu der nächsten Verzögerung. Ich öffne nie meine Schuhe, sondern schlüpfe immer mit geschlossenen Schnürsenkeln hinein. Das

Problem ist, das geht nur mit einem Schuhanzieher, und den habe ich hier nicht. Als ich endlich fertig bin, kommt mir Caro schon wieder aufgeregt entgegen, die natürlich im Nullkommanichts durch die Sicherheitssperre war.

»Los, gib mir schnell das Handy, ich mache jetzt ein Foto von dem Kerl«, sagt sie außer Puste. Ich gebe ihr das Handy.

»Lass dich nicht von ihm dabei erwischen«, raune ich ihr zu.

Sie zwinkert mich an. »Keine Bange, Caro die Spionin macht das schon. Hier wird mich ja niemand anschießen.« Sie lacht und geht.

Es ist erstaunlich, wie schnell sie solche Situationen wegsteckt, die ja nun wirklich nicht normal sind. Man kann die Menschen an einer Hand abzählen, die schon einmal von einer Kugel getroffen wurden. Zu Hause. Aus dem Nichts.

Ich setze mich auf eine der Bänke. Kurioserweise ist es hier ziemlich leer, die vielen Menschen scheinen eher in andere Gebiete zu verreisen als nach Kuba. Leider haben wir auch noch einen Zwischenstopp in Zürich. Drei Stunden müssen wir uns dort aufhalten, bevor wir unseren Anschlussflug nehmen können. Ich schaue auf die Anzeigetafel. Na klar, natürlich hat unser Flugzeug Verspätung. Wie es sich für einen Rick Ender gehört. Ein Grinsen kann ich mir jetzt nicht verkneifen. Tja, es ist nun mal, wie es ist. Ich schließe die Augen und warte, dass Caro endlich von ihrer geheimen Mission wiederkommt.

»Ricksi, hier, eine Cola.« Sie hält mir eine eiskalte Dose an die Stirn und ich muss mich beherrschen, vor Schreck nicht aufzuspringen oder, schlimmer noch, einen Schrei herauszulassen.

»Mann, Caro.« Ich lächele sie verkrampft an. »Aber danke, Babe.« Ich öffne die Dose und setze zum Trinken an.

»Heh, Liebling, anstoßen gefälligst.« Sie hält mir ihre Limonadendose hin. Ich stoße mit meiner dagegen.

»Rick«, sagt sie laut.

Ich schaue sie an. »Was ist denn jetzt schon wieder?«

»Guck mich an, wenn du anstößt, sonst haben wir sieben Jahre schlechten Sex.«

Ich lache. »Gleich sieben Jahre? Bist du sicher, dass der Spruch so geht?«

»Mann, Rick, leg doch nicht immer jedes Wort auf die Goldwaage. Du weißt schon, was ich meine.« Sie holt aus ihrer Tüte das Oberteil des neu gekauften Bikinis heraus und wedelt damit herum.

»Oder willst du keinen Sex mehr.« Sie steckt das Teil wieder ein und bekommt gleich rote Wangen, weil ihr jetzt erst klar wird, dass wir ja hier gerade nicht alleine sind.

»Na logo will ich«, sage ich heiser, da mich die Gesamtsituation gerade ziemlich anmacht. Mir fällt ein, warum sie eben kurz weg war.

»Und, hast du ein Foto von ihm gemacht?«, frage ich.

Sie lacht und holt das Handy heraus.

»Klar, natürlich gleich mehrere.« Sie versucht umständlich, die Bilder-App mit einer Hand zu öffnen, da sie in der anderen die Getränkedose hält. Sie schiebt mit dem Daumen ein Foto nach dem anderen zur Seite und balanciert dabei das große Handy auf ihrer Hand.

»Hier kann man ihn gut drauf sehen. Mist, ich hätte mal näher rangehen sollen. Moment, ich zoome ihn ...« Sie spricht nicht weiter.

Ich schaue sie an und zucke zusammen, als ich ihre weit aufgerissenen Augen sehe. Ich schrecke hoch, als Caros Dose laut scheppernd zu Boden fällt. Jetzt springe ich auf, eher aus Reflex.

»Caro? Was ist denn?«

Ihre Lippen bewegen sich, aber es kommt kein Ton aus ihrem Mund.

»Caro?«

»Das ist ... das ist ... Oh mein Gott«, stammelt sie.

»Das ist was?«, herrsche ich sie an. »Caro, rede doch mal in ganzen Sätzen.«

Sie schaut vom Handy auf. Ihr Gesicht ist vor Angst verzerrt. »Das ist der Mann.«

»Der Mann?«, frage ich verblüfft.

»Der Mann, der mich aus dem Krankenhaus geholt hat. Ich habe ihn nicht erkannt, weil er damals einen Bart trug. Sein ganzes Gesicht war eigentlich hinter diesem Bart versteckt. Ich war auch zu aufgeregt, um ihn mir genau anzuschauen. Aber ich bin mir jetzt sicher, er ist es. Es ist dein Vater.«

12

Wir sind bereits in der Luft. Keine Ahnung, wie ich auf meinen Platz gekommen bin. Mein Kopf ist völlig leer. Caro ist sofort aufgestanden, als das Zeichen kam, dass jetzt die Gurte geöffnet werden dürfen. Angeblich weil sie auf Toilette wollte, aber ich wette, sie will den Kerl ausfindig machen. Ja, den Kerl, denn auch wenn er frappierende Ähnlichkeit mit mir hat, er kann einfach nicht mein Vater sein. Wie soll das gehen. Auch wenn ich meinen Vater in meiner Jugend noch einige Male gesehen habe, weil er mal so nett war, bei uns zu Hause zu schlafen, so hatte ich ihn seitdem erst vor circa drei Jahren wiedergesehen. Mir ist schon klar, dass das eine lange Zeit ist, er sich verändert hat und ich vielleicht einen verklärten Blick auf ihn habe. Trotzdem, der Mann, der vor meinen Augen gestorben ist, natürlich durch eine Kugel, wie es mittlerweile sein muss in der Familie Ender, ist der, der in meiner Kindheit mein Vater war. Meine Mutter hätte mir doch spätestens auf ihrem Totenbett, in dem Fall also das Krankenhausbett, gesagt, wenn er nicht mein leiblicher Vater gewesen wäre. Da ich trotzdem immer noch der Meinung bin, dass meine Mutter nichts mit dem aktuellen Chaos zu tun hat, unterstreicht das Krokodil auf dem Cover des Buches, dass das alles mit der Stasi-Vergangenheit meines Vaters zu tun haben muss. Mein Vater trug ein Amulett mit einem Krokodil. Der Typ, der vor meinen Augen erschossen wurde, der Typ, der so tat, als würde er mich beschützen wollen, und im Endeffekt nur seinen eigenen Arsch retten wollte. Der Typ ist mein Vater. Scheiß was drauf, dass der Kerl hier im Flugzeug mir wie aus dem Gesicht geschnitten ist.

Carola ist noch immer nicht zurück. Ich drehe mich nach hinten, wohin sie verschwunden ist, aber ich kann sie nicht entdecken. Den Kerl auch nicht. Mann, ich hoffe, sie baut keinen Scheiß mit ihrer Abenteuerlust. Ich schaue nach vorne zum Monitor. Eine halbe Stunde sind wir schon unterwegs, also brauchen wir bis Zürich noch eine Stunde. Mir fällt mein Rucksack ein. Ich bin mir unschlüssig. Sollte ich es so machen, wie Caro es vorgeschlagen hat, am Strand und in Ruhe? Sie hat ja recht, in einer schönen Umgebung bei einer tollen Atmosphäre kann man vielleicht leichter ertragen, was man in diesem Buch vorfindet. Aber die Neugierde, wenigstens mal reinzuschnuppern, so wie bei einem Buch, in dem man ein paar Seiten liest und sich dann dafür oder dagegen entscheidet, ist zu groß. Ich greife unter meinen Sitz, wo ich den Rucksack verstaut hatte. Nichts, ich greife ins Leere. Ich habe das Gefühl, dass mein Herz aufhört zu schlagen. Sofort setzt wieder der Schwindel ein. Ich springe auf und ramme den kleinen Tisch, wo mein Kaffee steht, der Gott sei Dank schon alle ist. Ich habe aber leider so viel Krach dabei erzeugt, dass mich eine Menge Leute anstarren. Ich setze mein schönstes Lächeln auf und winke einmal kurz entschuldigend in die Menge. Versuche, mich zwischen Vordersitz und meinen Sitz zu drängen, um irgendwie unter meinen Platz schauen zu können. Ich schaffe es und leider bleibt das Ergebnis dasselbe, unter meinem Sitz liegt nichts.

»Was machst du da, Ricksi? Ist dir etwas runtergefallen?«, fragt Caro erstaunt.

Natürlich bekomme ich einen Schreck und stoße nochmal mit dem Kopf an das Tischchen.

Caro muss losprusten und hält sich beide Hände vor den Mund.

»Hahaha, sehr lustig. Caro, der Rucksack ist weg. Den hat garantiert der Typ. Hast du ihn gefunden? Ich meine, den Typen, der vorgibt, mein Vater zu sein. Ich gehe hin und hole wieder, was mir gehört. Dieser Wichser.«

Caro hebt beschwichtigend die Arme und setzt sich auf ihren Platz.

»Hast du nicht gehört, Caro, der Rucksack ist weg. Warum setzt du dich jetzt hin? Steh auf, damit ich mir diesen Kerl vorknöpfen kann.«

Caro sieht mich amüsiert an.

»Mann, Caro, hör auf, so dämlich zu grinsen.« Ich versuche, meine Stimme im Griff zu halten, damit ich jetzt hier nicht rumschreie wie so ein Idiot.

»Ich werde mir den Kerl vorknöpfen«, ahmt mich Caro mit gespielt tiefer Stimme nach und lacht danach wieder ihr glucksendes Caro-Lachen. Sie greift unter ihren Sitz und hält mir meinen Rucksack hin. Jetzt muss ich auch lachen, alle Anspannung loswerden.

»Mann, Caro, sag das doch gleich.«

Caro bekommt sich kaum noch ein.

»Hätte ich ja, wenn du mich mal zu Wort hättest kommen lassen.« Sie guckt wieder böse und sagt mit tiefer Stimme: »He, ich bin Ender, Rick Ender, ich haue jedem auf die Schnauze, der mir dämlich kommt. Ich selbst bin eine tödliche Waffe.«

»Ach Mann, Caro, du bist blöd«, sage ich lachend. Ich nehme den Rucksack und hole das Buch heraus wie ein rohes Ei. Ich lege es auf meinen Schoß und packe den Rucksack unter meinen Sitz.

»Mann, Ricksi, dass du das nicht gemerkt hast, dass ich den Sack bei mir untergestellt habe. Du hast da so verklemmt gesessen, das konnte ich nicht mit ansehen. Übrigens, deinen Vater habe ich nicht gefunden. Entweder er sitzt vorne in der ersten Klasse, oder er ist doch nicht mit dem Flieger hier mitgekommen.«

Na klar sitzt er in diesem Flieger, ich habe ihn doch gesehen, wie er vor uns den Tunnel zum Bus genommen hat.

»Der ist da, das weiß ich hundertprozentig«, sage ich, während ich ehrfurchtsvoll über das Buch streiche. »Aber bitte tu mir einen Gefallen, suche ihn nicht. Wer immer er ist, was immer er will, ich glaube, der Typ ist gefährlich.«

Caro lächelt mich an.

»Schon okay, Ricksi, wir sind sowieso bald bei unserem ersten Zwischenstopp, spätestens da werden wir uns wieder über den Weg laufen.« Sie stellt ihren Sitz etwas nach hinten, jedenfalls so weit, wie man das in der zweiten Klasse tun kann, lehnt sich zurück und schließt die Augen.

»Ich hoffe nicht, dass er uns noch mal behelligt«, murmele ich und öffne das Buch. Sofort schießen mir die Tränen in die Augen.

Tagebuch von Miriam Kaufmann. Darunter ist ein Bild von ihr und es ist das erste Mal in meinem Leben, dass ich meine Mutter in sehr jung sehe. Was war das für eine schöne Frau. Ich streiche liebevoll über ihr Bild und stutze. Hinter dem Bild ist etwas. Das Bild selbst ist nur mit sogenannten Fotoecken eingeklebt.

Ich schaue vorsichtig zu Caro rüber. Sie hat die Augen zu. Ob sie schläft, weiß ich aber nicht. Ich schalte die Lampe über mir an und stelle sie so, dass sie direkt auf das Buch scheint. Wieder blicke ich verstohlen zu Caro. Alles gut.

Vorsichtig drehe ich mich um. Niemand schaut in meine Richtung. Alle sind mit sich selbst beschäftigt. Behutsam versuche ich, das Bild mit meinen Fingernägeln von den unteren beiden Klebeecken zu befreien. Meine Nägel sind sehr kurz. Außerdem habe ich mit einem Schlag Schweißhände bekommen. Immer wieder reibe ich sie mir an meiner Hose trocken. Es dauert nur Sekunden und schon sind sie wieder nass. Eine Ecke kann ich wegkratzen. Vielleicht reicht das schon? Ich hebe die Ecke etwas an. Mit den Fingern ist es schlecht. Ich schaue mich um und entdecke eine kleine Broschüre vor mir im Fach. Sie hat einen stabilen Einband. Ich reiße mir ein etwas längeres Stück davon ab. Wieder schaue ich mich unauffällig um. Mittlerweile treibt mir die Geheimniskrämerei den Schweiß auch auf die Stirn. Ein Tropfen läuft mir in die Augen. Ich muss blinzeln. Reibe mir mit dem Handrücken die Stirn. Wische die Hand an der Hose ab, und gleich wieder die Stirn. Noch mal blinzeln. Mein Nacken wird langsam steif. Ich komme jetzt mit dem Pappstreifen unter das Bild, aber irgendetwas hindert mich daran, ihn weiter darunter zu schieben. Okay, also doch auch die zweite untere Ecke irgendwie abbekommen.

»Ist bei Ihnen alles in Ordnung?« Mir bleibt vor Schreck kurz die Luft weg, was zur Folge hat, dass ich mich verschlucke und husten muss. Dabei fällt mir der Pappstreifen herunter.

»Oh, das tut mir leid, ich wollte Sie nicht erschrecken. Geht es ihnen gut? Sie schwitzen so«, sagt die Stewardess und schaut mich misstrauisch an.

»Ja, alles gut. Tut mir leid, ich fliege nicht so gerne. Aber was macht man nicht alles für seine Freundin.« Dabei deute ich mit dem Kopf auf Caro. Mein Lächeln muss sehr gequält aussehen, wahrscheinlich nicht anders als würde ich gerade auf Toilette sitzen. Plötzlich beugt sich die Stewardess über

Caro und kommt mir immer näher. Ich spüre meinen Pulsschlag und sämtliche dumme Gedanken, die ich haben könnte, werden in meinem Kopf mit einem Mal an die Oberfläche gespült. *Sie gehört dazu. Sie will dir das Buch wegnehmen.* Ich klappe es zu. Viel zu doll, viel zu schnell, sodass sie bei meiner Handlung erst richtig Verdacht schöpfen muss. Ich kralle mich in das Buch, ähnlich wie ich es getan hatte, als ich verfolgt wurde und mit einem Hund darum ringen musste. Sie greift schließlich über mich und stellt die Lüftung so ein, dass sie genau auf meine Stirn zielt.

»So ist es vielleicht etwas angenehmer für Sie.« Sie lächelt mir zu, dieses Alle-Kunden-sind-meine-Freunde-Lächeln. Dann geht sie weiter und ich habe das Gefühl, dass ich bis jetzt die Luft angehalten habe.

»Was war los?«, fragt Caro blinzelnd.

»Nichts, Babe, die Dame hat mir nur die Lüftung richtig eingestellt, weil sie geklemmt hat.«

»Okay«, sagt sie und hat schon wieder die Augen geschlossen.

Ich schaue auf den Monitor. Noch 30 Minuten, dann landen wir in Zürich. Ich möchte den Pappstreifen wieder vom Erdboden aufzuheben, aber ich finde ihn nicht mehr. Kurz überlege ich, ob ich mir einen weiteren Streifen abreißen soll, tue es aber nicht, weil ich glaube, wenn ich auch die andere Ecke entfernt habe, werde ich den Streifen nicht mehr brauchen. Gut, die Stirn habe ich jetzt mithilfe der Stewardess im Griff. Meine Hände leider nicht. Mit dem Fingernagel zwei, dreimal rubbeln, Hand an der Hose abwischen. Und wieder und wieder, bis ich endlich auch die zweite Ecke gelöst habe. *Yes*. Ich kann das Bild etwas hochklappen, aber das, was sich darunter verbirgt, will immer noch nicht rauskommen. Jetzt würde mir doch der Pappstreifen helfen. Ich reiße mir einen neuen ab. Bild hochklappen, nur so weit, dass es nicht kaputt geht. Mit dem

Pappstreifen darunter. Etwas Druck auf den Streifen. Langsam kommt etwas zum Vorschein. Noch habe ich nicht genug Angriffsfläche, um es mit den Fingernägeln zu greifen. Wieder etwas Druck auf den Streifen. Mist, verbogen. Ich reiße ihn bis zu dem Knick ab und probiere es nochmal mit dem kleineren Stück. *Bingo*. Aus dem Augenwinkel sehe ich einen Schatten. So schnell kann ich nicht reagieren. Der Mann steht wie aus dem Nichts neben Caro und hat mir mit einer schnellen Bewegung das Buch weggerissen.

»He, was soll das!«, rufe ich laut.

Caro schreckt hoch und sieht den Mann. Sie schreit auf. Hinter uns Rufe.

»He, was machen Sie da!« Ein Mann vor mir steht auf. Von der anderen Seite kommen zwei Stewardessen angerannt. Caro versucht, nach dem Buch zu greifen, aber der Mann zieht es weg und lässt es blitzschnell unter seiner Jacke verschwinden.

»Schon gut, schon gut«, sagt er mit erhobenen Armen. »Ich gehe ja wieder auf meinen Platz, ich dachte, ich kenne den Herren, aber das muss wohl eine Verwechslung gewesen sein.«

Er geht nach vorne und muss an dem Mann, der aufgesprungen ist vorbei. Der will ihn festhalten, aber hebt sofort die Arme, als der Mann, der behauptet, mein Vater zu sein, ihm irgendetwas zuflüstert. Die Stewardessen schauen ihm nach, um sicherzugehen, dass er sich wieder auf seinen Platz setzt, wahrscheinlich wirklich vorne in der ersten Klasse.

»Alles gut bei Ihnen?«

Ich überlege kurz, ob ich von dem gestohlenen Buch erzählen soll und sehe wieder die Szene vor meinem geistigen Auge, wie er dem Mann, der mir helfen wollte, etwas gesagt hat. Ich glaube, er ist gefährlich. Und plötzlich merke ich es. Ich unterdrücke ein lautes Auflachen.

»Ähm, ja, alles in Ordnung, der Herr muss mich wirklich mit jemandem verwechselt haben.«

Ich bemerke Caros argwöhnischen Blick. Als die beiden Frauen wieder weg sind, sagt sie:

»Warum hast du nichts gesagt? Der Typ hat jetzt das Buch.«

Ich griene sie an. »Ja, ich weiß, aber das, was er wirklich wollte, hat er nicht.«

Caro schaut mich verständnislos an.

»Wir setzen in wenigen Minuten zur Landung an, bitte schnallen Sie sich an!«, tönt es aus den Lautsprechern.

Caro schüttelt den Kopf und befolgt die Anweisungen. Ich schaue auf meinen feuchten Zeigefinger und kann mir denken, was das ist. Ich habe so etwas ja noch nie gesehen, aber wenn ich eins und eins zusammenzähle, würde ich sagen, es ist ein Mikrofilm, der durch den Schweiß an meinem Finger klebt.

13

Ich weiß nicht, ob es richtig ist, aber ich habe Caro bisher nichts von diesem Stück Mikrofilm erzählt. Ich bin nach der These gegangen, was sie nicht weiß, kann ihr nicht gefährlich werden. Beim Aufenthalt in Zürich haben wir ihn nicht mehr gesehen. Den Mann, der vorgibt, mein Vater zu sein. Der Mann, der jetzt das Tagebuch meiner Mutter hat. In dem Moment, wo er es mir gestohlen hat und ich gemerkt habe, dass ich das noch habe, worauf alle scharf sind, hatte ich mich als Gewinner gewähnt. Aber je mehr ich darüber nachdenke, desto lieber möchte ich den wirklichen Nachlass meiner Mutter haben, ein Tagebuch, das mir meine Mutter hoffentlich näher bringt. Ich bin schon erstaunt darüber, wie ich jetzt darüber denke. Ich war der Meinung, meine Mutter sehr gut gekannt zu haben. Bis zum Schluss hatten wir ein sehr inniges Mutter-Sohn-Verhältnis. Wenn herauskommt, dass sie mir wirklich etwas vorgemacht hat, dann, da bin ich mir ziemlich sicher, um mich zu schützen. Die Dinge, die in den letzten Tagen passiert sind, unterstreichen meine These.

Ich schaue auf die Wolkendecke und stelle mir vor, dass dort irgendwo meine Mutter als Engel rumfliegt. Dabei bin ich in keiner Weise gläubig, obwohl ich oft denke, lieber Gott, hilf mir. Aber das ist wie so eine Phrase, die man so sagt, weil man sie mal irgendwo aufgeschnappt hat. In der ehemaligen DDR war der christliche Glaube sowieso verpönt. Zu Weihnachten war ich öfter mal in der Kirche und ich fand es immer unheimlich. Es hatte eine wunderbare Atmosphäre, als alle sangen, aber irgendwie hat es mich auch wieder abgestoßen. Alleine durch Sebastian war ich öfter in der Kirche. Er war getauft und ging viele Sonntage dahin. Damals habe ich ihn öfter begleitet. Ich weiß bis heute nicht, ob er wirklich an Gott geglaubt hat, oder ob er das nur aus Etikette vorgespielt hat. Wenn man unsere beiden Leben vergleicht, würde man eher denken, ich sei der Gläubige. Gerade in solch schweren Zeiten wie jetzt vermisse ich meinen besten Freund so sehr. Wenn ich es mir recht überlege, ging es einfach zu schnell. Ich würde ihn noch so viel fragen wollen. War er so, wie er war, wirklich rein seiner Mutter wegen? Jetzt, wo ich ihr wahres Gesicht und die Geschichte hinter der Geburt von Sebastian kenne, nehme ich es stark an. Wir waren so oft allein zusammen und da war Sebastian immer anders, als man ihn kannte, wenn andere Menschen dabei waren. Ich schätze, es war auch für ihn ein großer Kraftakt, immer die Rolle zu spielen, die seine Mutter für ihn vorgesehen hatte.

»An was denkst du, Babe?«, flüstert mir Caro ins Ohr und schmiegt sich an mich.

»An meine Mutter, an Sebastian, an früher. Schade, dass du nicht ihr Bild in dem Tagebuch gesehen hast. Sie war eine wunderschöne Frau.« Ich starre weiter aus dem kleinen Flugzeugfenster.

»Ich weiß, Liebling, sie war auch jetzt immer noch wunderschön. Wir bekommen das Buch wieder. Ich weiß nicht, warum, aber ich glaube ganz fest daran«, sagt Caro.

Sie ist immer so positiv, das wäre ich auch gerne. Schon

so oft probiert, das Glas als halb voll anzusehen, aber dann kam immer wieder ein Rückschlag, der mich eines Besseren belehrte. Ich glaube immer erstmal an nichts und wenn, dann an das Schlechte. Dann kann ich nicht enttäuscht werden. So ist das jedenfalls in meiner Wahrnehmung. Wenn dann doch mal etwas gut läuft, dann ... ja, dann denke ich, es war Zufall und das dicke Ende kommt noch. Tolle Rick-Ender-Philosophie.

Mir schmerzt der Rücken. Meine Beine sind verkrampft. Ich hasse diese langen Flüge in der zweiten Klasse. Aber wer tut das nicht. Ich durfte mal vor Jahren in meinem Job einen Flug nach Amerika in der ersten Klasse absolvieren. Das war fantastisch. Da war so viel Platz, so viel Entertainment, dass ich am liebsten noch weitergeflogen wäre.

Caro scheint eingeschlafen zu sein. Auch das kann ich in Flugzeugen nicht. Ich muss mir unbedingt die Beine vertreten, sonst halte ich es nicht mehr aus. Ich versuche, Caros Kopf von meiner Schulter zu nehmen, ohne dass sie aufwacht. Sie murmelt etwas, aber schläft weiter. Nach einer gefühlten Ewigkeit stehe ich endlich im Gang. Und nun? Erst mal auf Toilette gehen, obwohl ich eigentlich gar nicht muss. Ich brauche aber irgendein Ziel, um mich hier durch das Flugzeug zu bewegen. Ich gehe ein paar Schritte und bemerke, dass das hintere Klo besetzt ist. Also ab nach vorne. Dort ist die Toilette frei, aber ich gehe nicht hinein, denn mir kommt ein Gedanke. Wenn ich jetzt schon mal hier bin, könnte ich doch weiter nach vorne gehen. Nur weil ich den Mann in der Züricher Flughalle nicht entdeckt habe, heißt es ja nicht, dass er nicht in diesem Flieger sitzt. *Und wenn ich ihn finde, was dann*? Keine Ahnung. Ich will es einfach erstmal nur wissen. Mein Glück ist, dass gerade hier zwischen der zweiten und ersten Klasse niemand ist, der mich ansprechen könnte, was ich hier vorne möchte. Ich habe schon des Öfteren gehört, dass das Flugzeugpersonal sehr angespannt ist in letzter Zeit. Immer mehr Psychopathen sind unterwegs, die schon wegen eines zu warmen Getränks vollkommen ausflippen.

Es ist, als würde man durch ein unsichtbares Tor gehen. Alles ändert sich, man meint sogar, dass die Luft anders ist. Es duftet nach teuren Parfüms, aber nicht so extrem, wie man es von einer Parfümerie kennt. Dezent und edel. Ich fange an, automatisch auf Zehenspitzen zu laufen. Ich brauche nicht lange, um meinen angeblichen Vater zu finden. Es ist halt die Businessclass einer Billig-Airline. Besser als da, wo Caro und ich sitzen müssen, aber meilenweit entfernt von Fotos, die man so aus Illustrierten kennt. Auf der linken Seite haben die Reihen jeweils zwei Plätze, mit einer Wahnsinnsbeinfreiheit. Auf der rechten Seite besteht jede Reihe nur aus einem Sitz. Und was für einem Sitz. Das ist auch die Seite, die mit ein paar Passagieren besetzt ist. Links ist es durchgehend frei. Ich bewege mich noch ein paar Schritte zu ihm, um zu sehen, was er gerade tut. Vielleicht tut er mir ja den Gefallen und liest gerade im Tagebuch meiner Mutter. Nein, er schaut sich einen Film auf dem riesigen Monitor vor sich an. Einen Moment bleibe ich stehen und beobachte ihn. Ich kann von hier aus nicht erkennen, ob er wirklich guckt oder ob er schläft und der Film nur so läuft. Es ist doch immer das gleiche Problem bei mir. Mein Plan sieht im Kopf ganz toll aus und ich bin überzeugt, ihn auch auszuführen, wenn es soweit ist. Nun stehe ich da. Was war überhaupt der Plan? *Du, Du* sagen, und *gib mir mein Buch zurück*? Wohl kaum. Wie ein Idiot stehe ich da. Caro würde sich wahrscheinlich wegschmeißen vor Lachen. Gut, jetzt weiß ich also, dass er auch nach Havanna will. Ist das nun gut oder schlecht für mich? Keine Ahnung. Ja, Rick Ender hat mal wieder keine Ahnung. Ich will schon den Rückgang antreten, als mich etwas aufmerksam macht. Es ist nur ein Gefühl. Als hätte ich eben etwas gesehen, das mir bekannt vorkommt. Ich gehe mit den Augen nochmal alles ab und dann sehe ich es, besser gesagt ihn.

Es ist, als ob es einen Rick-Ender-Ablaufplan gibt, was passieren muss, wenn ich etwas Schreckliches sehe. Nummer eins bei diesem Ablauf: Luft anhalten. Nummer zwei: Schwindel bekommen. Nummer drei und somit das Finale des Ender-Ablaufplans bei Angst: Der Boden unter mir tut sich auf, mir wird schwarz und ich falle. Halte mich am linken leeren Sitz fest. Meine Finger krallen sich in das edle Polster. Bin vollkommen hilflos. Unterdrücke den Brechreiz, der immer wieder in mir aufbegehrt. Will schreien und kann es natürlich nicht. *Mann, Rick, hol endlich Luft.* Meine Augen sind so weit aufgerissen, dass es schon schmerzt. *Das darf doch alles nicht wahr sein!*, schreit es in meinem Kopf. Der Mann, der sagt, er wäre mein Vater, dreht sich langsam um und blickt mich an. Er muss mich in der Spiegelung des Monitors gesehen haben. Ich muss mit aller Macht gegen das Schwarz, das sich vor meine Augen schieben möchte, ankämpfen. Der Blick des Mannes warnt mich, das wird mir jetzt klar. Er weiß, was ich gesehen habe. Er schüttelt langsam und mit Bedacht den Kopf. Das und seine Augen sagen in aller Deutlichkeit *NEIN! Was immer du vorhast, Rick Ender, tu es nicht.* Die nächste Bewegung, die er wieder nur mit dem Kopf macht, ist auch unmissverständlich. Es heißt, *Rick Ender, trete den Rückzug an und erzähle niemandem, was du gesehen hast.* Erzähle keinem, dass der Mann, der vor ihm sitzt, der Mann ist, der Caro wehgetan hat. Dass da der Mann sitzt, der auf mich geschossen hat. Dass es der Mann ist, der kaltblütig vor meinen Augen jemanden erschossen hat, der mir einfach nur den Schlüssel zum Nachlass meiner Mutter gegeben wollte.

14

Ein Schweißausbruch jagt den nächsten und das liegt nicht daran, dass ich jetzt am Strand von Jibacoa liege. Ich trinke bereits mein fünftes Glas Mineralwasser, aber habe das Gefühl, noch nichts getrunken zu haben. Gestern noch hätte ich gedacht, es sind die fehlenden Tabletten, aber heute habe ich sie genommen. Meine Psychologin hatte mich gewarnt, die Tabletten, die sie mir verschrieben hatte, einfach abzusetzen.

»Es reicht schon, wenn Sie sie nur einmal vergessen einzunehmen. Das wird dann so sein, als würden Sie einem Süchtigen die Drogen entziehen«, sagte sie.

So fühlt sich das also an. Caro ist noch unterwegs, sich endlich ihren Drink zu holen, der für sie die Gesamtatmosphäre schafft, wie sie es sich vorher immer vorgestellt hat. Ich hatte dankend abgelehnt, als sie mich fragte, ob sie mir ein Glas mitbringen soll. Alkohol wird meinem Zustand nicht gerade zuträglich sein.

Das mit dem Schweißausbruch hat gestern im Flugzeug angefangen, als ich die beiden Männer gesehen habe.

Irgendwie hatte ich es geschafft, wieder zu meinem Platz zu kommen. Den Rest des Fluges kam ich mir wie im Fieberwahn vor. Ich konnte mit niemandem sprechen und habe vor mich hin gezittert. Das Flugpersonal hat wohl schon darüber diskutiert, ob sie nicht besser zwischenlanden sollten. Das hat mir dann Caro später erzählt. Sie war es auch, die mit viel Überredungskunst die Leute davon abhalten konnte zu landen, um mich medizinisch behandeln zu lassen. Irgendwann bin ich dann eingeschlafen und das hatte mir für eine gewisse Zeit gutgetan. Kurz bevor wir gelandet sind, haben sie nochmal nach mir gesehen und ihnen ist wahrscheinlich ein Stein vom Herzen gefallen, als ich ihnen halbwegs normal entgegengetreten bin. Das war auch der Zeitpunkt, als ich Caro endlich erzählt habe, was ich gesehen habe. Na ja, eigentlich habe ich ihr nur die halbe Wahrheit erzählt. Dass auch der Mann da war, der auf sie geschossen hat, habe ich ihr verschwiegen. Ich wollte sie einfach nicht ängstigen. Gut war nur, dass wir uns dann anschnallen mussten, als wir zur Landung ansetzten, sonst wäre Caro nochmal losgegangen und hätte versucht, das Tagebuch meiner Mutter zurückzuholen. Na, Caro eben.

Eigentlich hatten wir erwartet, dass wir mit viel Tamtam am Flughafen von Havanna begrüßt werden, aber dem war leider nicht so. Ein älterer Mann, wir haben ihn beide auf mindestens 80 Jahre geschätzt, stand verloren in einer Ecke der Flughafenhalle mit einem Schild, auf dem in einer ziemlichen Krakelschrift der Radiosender und kurioserweise mein Name, also *Ender* stand. Caro hat die Reise gewonnen, aber vielleicht hat sie sich ja mit meinem Nachnamen, der hoffentlich auch bald ihrer sein wird, für das Gewinnspiel angemeldet. Als wir dann das Auto sahen, haben wir kurz überlegt, ob wir da wirklich einsteigen sollten. Das Auto sah genauso alt aus wie sein Fahrer. Aus Mangel an Möglichkeiten sind wir trotzdem eingestiegen.

Die Fahrt nahm irgendwie auch kein Ende. Auch wenn Caro noch nie hier war, sie hat sich natürlich vorher ausgiebig über Land und Leute informiert und ihr fiel auf, dass wir uns, wenn überhaupt, am Stadtrand von Havanna befinden. Das Hotel glänzte auch nicht gerade vor Komfort und wir hatten schon Angst, dass hier gar nichts für uns gebucht worden ist und dieses Gewinnspiel nur eine Farce war, aber dem war nicht so. Wir sind ins Bett gefallen und hatten beide einen sehr unruhigen Schlaf. Die Ereignisse und der Jetlag rumorten in uns, als hätten wir etwas Verkehrtes gegessen. Als dann die allersten Sonnenstrahlen durchs offene Fenster drangen, sind wir sofort aufgestanden.

Am Tage sah unser Hotel noch schlimmer aus, als wir in der Dunkelheit schon hatten annehmen müssen, und es gab diesen winzig kleinen Moment, wo wir kurz davor waren, alle Zelte hier wieder abzubrechen. Das ganze Drumherum, damit meine ich die Wärme, der exotische Geruch, der endlos blaue Himmel und die Palmen machten diesen Gedanken wieder zunichte. Als krassen Kontrast zum schäbigen Hotel gab es dann aber ein wirklich großes Frühstücksbüfett, das für vieles entschädigte. Ich wäre gerne noch eine Weile dort sitzen geblieben, denn zu diesem Zeitpunkt ging es mir, sagen wir, normal. Doch Caro wollte ans Meer und konnte mich relativ schnell dazu überreden, das Notwendigste in meinen nun leeren Rucksack einzupacken und loszulaufen.

Zwanzig Minuten später stand ich mit offenem Mund am Strand und bestaunte das wirklich türkisfarbene Meer. Mein Gott, das sah noch besser aus als auf irgendwelchen Postkarten, die meist sogar noch digital mit Filtern verbessert worden waren. Caro rannte schon vor und besorgte bei einem kleinen Stand die Marken für zwei Strandliegen. Okay, jetzt verstand ich jeden, den es hierher trieb und dass er dann zu Hause vor seinen Freunden davon begeistert erzählte. Gut, dass ich eine Frau wie Caro kennengelernt habe, die mir andere Facetten des Lebens zeigt. Reisen war nie mein Ding und das war verwunderlich, denn in meinem ganzen Leben konnte ich an einer Hand abzählen, wie oft ich meine Stadt verlassen hatte. Das Land ja schon mal gar nicht. Wieso nahm ich mir dann die Meinung heraus, dass Reisen nicht mein Ding waren? Wahrscheinlich, weil schon allein meine Wohnung zu verlassen nicht meine Sache war. Damals war Sebastian die treibende Kraft gewesen, die mich immer wieder aus meinem Domizil herausgeholt hat.

Jetzt liege ich hier, habe das Kopfteil der Liege so eingestellt, dass ich auf das Meer starren kann. Meine Arme hängen herunter, sodass ich mit meinen Händen in diesen fast weißen Sand greife und ihn durch meine Finger rieseln lasse. Ich stelle mir vor, wie Sebastian mit seiner Freundin und ich mit Caro hier sitzen und dummes Zeug quatschen.

Ich vermisse Sebastian, so wie er war, bevor der ganze Albtraum über mich hereingebrochen ist. Mir fehlt ein echter Freund, mit dem man durch dick und dünn geht, und das sind wir. Was wir alles erlebt haben. Hatte er sich verändert, oder habe ich ihn immer nur durch die rosarote Brille gesehen? Und dann musste auch noch meine Mutter von uns gehen. Hätte der Typ da oben ihr nicht noch mehr Zeit geben können? Dann hätte es jetzt kein blödes Tagebuch gebraucht, um sie besser kennenzulernen, obwohl ich eigentlich dachte, ich kannte sie schon richtig.

Wie ein Stich kommt der Gedanke, was ist, wenn ich Caro verliere. Es wäre nicht auszudenken. Ich könnte jetzt denken, dann möchte ich nicht mehr weiterleben, weil dann nichts mehr einen Sinn hat, aber das bin ich nicht. Ich bin Rick Ender, der darauf achtet, dass seine Haare nicht fettig sind, dass er für den Notfall Taschentücher dabei hat. Ich habe Angst vor dem Tod, ich könnte mir selbst nie das Leben nehmen.

Ich schaue auf die Uhr und als ich die Zeit sehe, springe ich auf. Gehe ein paar Schritte in die Richtung, in die Caro verschwunden war. Zwei Stunden liege ich hier schon in meinem eigenen Saft und hänge meinen Gedanken nach. Kein Mensch, und schon gar nicht Caro, braucht so lange, um sich ein Getränk zu holen. Mit einer Hand über den Augen schaue ich den Strand entlang, ob ich ihren gelben Bikini ausmachen kann. Ich bin mir sicher, den würde ich auch aus sehr weiter Entfernung wahrnehmen. Nichts. Überhaupt sind hier sehr wenige Menschen zu sehen. Caro erzählte mir, dass dieser Strand ein kleiner Geheimtipp sei und die meisten Touristen an anderen Stellen ans Wasser gingen. Als sie mir das erzählt hatte, wollte ich noch einwenden, na, wenn so etwas in einem deiner Bücher steht, wird es wohl kaum noch ein Geheimtipp sein, aber nun sehe ich mit eigenen Augen, dass sie recht hatte. Wie so oft. Plötzlich stellt sich mir ein Mann genau in meine Sichtlinie. Ich will an ihm vorbeischauen, aber egal, in welche Richtung ich es versuche, immer wieder nimmt er mir die Sicht.

»Entschuldigen Sie mal«, spreche ich ihn unsinnigerweise an. Kurz hatte ich vergessen, dass ich mich nicht mehr in meinem Heimatland befinde. Und schon ist es wieder soweit, ich brauche Caro. Dass sie super Englisch sprechen kann, das wusste ich bereits, aber als wir gestern nach unserem Zimmer im Hotel gefragt hatten, konnte sie auch perfekt Spanisch. Für mich klang es auf jeden Fall perfekt, und die Dame an der Rezeption schien sie verstanden zu haben. Ich gehe ein Stück rückwärts und zucke zusammen, denn etwas Hartes bohrt sich gerade in meinen Rücken. Eine Stimme hinter mir sagt etwas auf Spanisch und das sehr leise und direkt in mein Ohr. Ohne dass ich verstehe, was gesagt wurde, klingt es schon ziemlich bedrohlich. Ich schaue an dem Mann, der immer noch vor mir steht, herunter und muss mit Entsetzen feststellen, dass er einen Revolver in der Hand hat und damit auf mich zielt. Entsetzen ist aber das falsche Wort, denn mittlerweile wird es schon Gewohnheit, dass jemand eine Waffe auf mich richtet. Der Mann vor mir lächelt mich an und ich bin für einen Moment fasziniert von seinen goldenen Zähnen, die mir entgegenfunkeln. Der Mann hinter mir drückt das harte Etwas, wahrscheinlich auch eine Pistole, verstärkt in meinen Rücken. Meine Augen suchen nach Hilfe. Da. Da läuft gerade ein Pärchen eng umschlungen. Ich öffne den Mund, aber außer einem undefinierten Laut kommt nichts heraus. Mir wird schwindelig. Ich will mich mit einer Hand an dem Mann vor mir festhalten, aber ich greife ins Leere. Wahrscheinlich nimmt der Kerl hinter mir an, dass ich mich wehren und seinen Komplizen angreifen will, denn er schlägt mit etwas Hartem auf meinen Kopf und es wird dunkel und mucksmäuschenstill.

15

Mein Mund schmerzt, als ich ihn öffne. Er ist so trocken, dass sofort die Mundwinkel einreißen. Ich liege und um mich herum herrscht totale Dunkelheit. Das erste Bild, das ich vor meinem geistigen Auge sehe, sind die Goldzähne des Mannes am Strand. Dann kommt nach und nach alles wieder. Wir sind in Kuba. Wir. Wo ist Caro? Die Tränen steigen mir in die Augen, wenn ich daran denke, dass *die* sie haben und sie vielleicht gerade foltern oder ... Ich wische den Gedanken weg. Das hilft mir jetzt nicht weiter. Ich muss als Erstes mir selbst helfen, bevor ich anderen helfen kann. Wow, Rick Ender, was sind das denn für neuartige Gedanken. Du wirst vielleicht doch noch ein richtiger Mann. Ich versuche, mich aufzurappeln, greife aber immer wieder in irgendetwas Glitschiges. Die Gedanken, was das alles sein könnte, was ich jetzt an meinen Händen habe, lassen mich fast durchdrehen. Ich nehme allen Mut zusammen und suche am Boden nach einer Stelle, die sich nicht so schleimig anfühlt. Ich finde nichts. Es ist einfach nur nasser Sand, versuche ich mir krampfhaft einzureden. So langsam scheinen sich meine Augen an die Dunkelheit gewöhnt zu haben, denn beim Drehen des

Kopfes sehe ich einen ganz schmalen, leuchtenden Streifen, ich schätze mal, Licht hinter einer Tür. Na, das ist doch schon mal was. Ich versuche aufzustehen, rutsche weg und schlage wieder hin. Vor Schmerzen stöhne ich auf. Jetzt spüre ich auch am Kopf die Stelle, wo der Typ hinter mir zugeschlagen hat. Ganz toll, ein weiter Schmerz, der mich jetzt beschäftigt und mich am logischen Denken hindern möchte. Hier sitzen zu bleiben bringt mich garantiert nicht weiter, also unternehme ich einen weiteren Versuch aufzustehen. Diesmal ist er von Erfolg gekrönt. Ich stehe. Etwas wackelig, aber ich stehe. Immer wieder gehen meine Gedanken zu Caro, immer wieder, wenn ich mich auf das Hier konzentrieren möchte, ballern die Bilder der vergangenen Tage durch meinen Kopf. Völlig wirr blitzen auch immer wieder Bilder von Dr. Neschlin und Sebastian auf. Dann erscheint mein Vater, der damals erschossen wurde. Es wird immer wirrer, jetzt betritt auch noch mein *anderer* Vater die Bühne. Ich versuche trotzdem, auf den Lichtstreifen, den ich entdeckt habe, zuzulaufen. Laufen trifft es nicht wirklich, ich wanke wie so ein Volltrunkener und versuche krampfhaft, die Richtung zu halten. Zwischendurch sehe ich auch an anderen Stellen Licht und bin mir langsam nicht mehr sicher, ob überhaupt eines der Lichter wirklich da ist. Oh ja, eines ist echt, das wird mir jetzt schmerzvoll vor Augen gehalten, und das im wahrsten Sinne des Wortes. Die Tür, die genau da ist, wo ich sie schon vermutet hatte, wird aufgestoßen. Falls sie zugeschlossen war, habe ich nicht wahrgenommen, dass sie aufgeschlossen wurde. Das Licht ist so grell, als ob ich direkt ohne Schutzbrille einem Schweißer bei seiner Arbeit zusehen würde. Den Schatten, den ich gerade so erkennen kann, da ich aus dem Blinzeln nicht herauskomme, bewegt sich auf mich zu. Ich höre etwas auf den Boden fallen. Dann sagt der Schatten etwas, das ich mal wieder nicht verstehe, und entfernt sich wieder.

Kurz ist nichts zwischen mir und dem Licht, aber schon kracht die Metalltür mit einem lauten Scheppern zu und jetzt höre ich auch Schließgeräusche, und nicht nur die. Zweimal scheint auch noch ein Riegel vorgeschoben zu werden. Ich brauche einen Moment, bis ich die Dunkelheit wieder mit meinen Augen durchbrechen kann. Sie schmerzen. Ich ahne, dass aus diesem Schmerz gleich eine heftige Migräne wird.

»Ich würde das nicht essen«, höre ich Sebastian sagen. Oh Mann, mein Freund, mein bester Freund, mein Bruder, wie sehr ich dich vermisse. Mit dir würde ich erst gar nicht in diese Bredouille kommen und wenn ja, dann wären wir da ganz schnell wieder draußen. Egal, was Sebastian in meinem Kopf sagt, ich taste mich weiter in die Richtung, aus der ich das Geräusch gehört habe. Mein Körper ist vollkommen ausgemergelt, ich verspüre Hunger und Durst und könnte nicht entscheiden, welches der beiden Gefühle stärker ist. Mit den Zehen stoße ich an den Rand dessen, was dort abgelegt wurde, und erst jetzt ist mir bewusst, dass ich außer meiner Badeshorts nichts anhabe. Ich bücke mich in die Richtung, wo mein Fuß wahrscheinlich einen Teller berührt hat. Beim zweiten Versuch kann ich den Teller erfassen. Gierig greife ich mitten hinein in eine undefinierte Masse. Ich schaufele mir etwas in den Mund und muss mich sofort übergeben, als der schreckliche Geschmack meine Synapsen erreicht.

»Mann, Alter, ich habe dir doch gesagt, du sollst das nicht essen.«

Scheiße, Mnan. Nur im Kopf kann ich dich nicht gebrauchen, Sebastian. Deine dummen Sprüche haben mir noch nie geholfen.

»Fick dich und verschwinde einfach«, flüstere ich.

»Würde ich ja gerne, aber wir sitzen jetzt hier beide in diesem scheiß Loch.«

Gott, warum geht er mir immer noch auf den Senkel. Ich starte einen zweiten Versuch, etwas von dem klebrigen Brei in meinen Mund zu stecken. Zweimal muss ich würgen, aber dann gewöhnen sich meine Geschmacksnerven langsam daran. Ich höre mein Schmatzen selbst überlaut. Aber das hat scheinbar auch Sebastians Stimme in meinem Kopf vertrieben. Er war ein Proll durch und durch, aber solche Geräusche wie Schmatzen oder Rülpsen konnte er nicht ab. Er faselte immer etwas von seinem besonderen Gehör und dass ihn solche Geräusche fertig machten. Automatisch schmatze ich jetzt noch lauter. Immer größere Mengen wandern in meinen Mund. Aus einer Eingebung heraus suche ich weiter mit meinen nackten Füßen den Boden ab und tatsächlich werde ich fündig. Ich bücke mich wieder und kann gleich beim ersten Mal das aufheben, was ich gerade mit dem Fuß ertastet habe. Eine kleine Plastikflasche. Voller Panik, dass ich sie nicht rechtzeitig aufbekomme, nestele ich wie ein Besessener an dem Verschluss. Bekomme ihn auf und stoße mir vor lauter Verlangen nach einer Flüssigkeit die Flasche gegen meine Zähne. Ja, das habe ich gebraucht. Ich schlucke und schlucke wie ein Verrückter.

»Mann, Ricksi du bist so bescheuert. Das ist bestimmt die Pisse von diesen Wichsern, die du da gerade trinkst.«

Jetzt reicht es mir. Ich schmeiße die Flasche mit voller Wucht vor mir in die Dunkelheit.

»Halt jetzt endlich deine blöde Fresse«, schreie ich und merke im selben Moment, wie bescheuert das alles ist. Außerdem war die Flasche noch nicht leer. Ich bin am Durchdrehen.

»Wenn wir hier rauskommen wollen, müssen wir einen kühlen Kopf behalten«, sagt Sebastian mit dieser für ihn typischen altklugen Stimme.

Ich lasse mich langsam auf den Boden fallen.

»Deine scheiß klugen Sprüche bringen mir überhaupt nichts. Haben sie noch nie getan. Das ist nämlich alles, was du kannst, Sprüche klopfen, aber wenn es ernst wird, dann verpisst du dich einfach, schießt dir eine Kugel in dein Gehirn. Genau, so einer bist du, bei Problemen kneifst du den Arsch ein.« Ich fange an zu weinen. »Lässt mich mit all dem Scheiß einfach alleine. Jetzt, wo ich dich so sehr brauche«, schluchze ich in die Dunkelheit.

Und endlich ist es still in meinem Kopf. Niemand sagt mehr etwas. Ich bekomme einen Weinkrampf, aber es ist mir egal.

16

Ich weiß nicht, wie lange ich geschlafen habe. Wie ich es schon aus meiner Kindheit kenne, muss ich mich in den Schlaf geheult haben. Ich versuche, mich aufzurichten, bleibe aber sitzen, da sich wieder alles dreht. Warum hatte ich überhaupt geweint? Ich komme nicht drauf. Warte, dass der Schwindel nachlässt. Langsam stehe ich auf, strecke mich vorsichtig. Ich fühle, dass es hier ziemlich kalt ist, zumal ich ja nichts weiter anhabe. Mir ist trotzdem warm. Innerlich glühe ich regelrecht. Plötzlich erklingt eine Melodie und dann fällt mir wieder ein, warum mir die Tränen gekommen sind.

»Im Wagen vor mir fährt ein junges Mädchen. Sie fährt allein und sie scheint hübsch zu sein. Ich weiß nicht ihren Namen und ich kenne nicht ihr Ziel. Ich merke nur, sie fährt mit viel Gefühl.«

Als ob Sebastian hier wäre und ich mit ihm im Duett singen würde, stimme ich die zweite Strophe an.

»Im Wagen vor mir fährt ein junges Mädchen. Ich möcht gern wissen, was sie gerade denkt. Hört sie denselben Sender oder ist ihr Radio aus. Fährt sie zum Rendezvous oder nach Haus? Rada rada radadada. Rada rada radadada. Rada rada radadada. Rada rada radadada.«

Sebastian lacht, denn wie immer können wir beide nicht den Text der nächsten Strophen.

Hinter mir wird die Tür aufgerissen. Jemand brüllt etwas auf Spanisch. Ich bekomme keine Luft mehr.

Es ist nicht der Typ, der hinter mir stand und auch die Tür schon wieder geschlossen hat, es ist das, was ich gesehen habe im Lichtschein. Es ist das, was ich gar nicht gesehen haben kann. Mein Gott, jetzt habe ich auch noch Halluzinationen. Nicht nur seine Stimme höre ich, mein bescheuertes Gehirn gaukelt mir auch noch vor, dass er da in der Ecke des Raumes steht.

»Du hast immer noch die dämliche Badehose von damals, ich fasse es nicht. Wenn wir hier raus sind, gehen wir mal richtig fett shoppen. Es gibt hier einige Boutiquen, das glaubst du nicht. Da finden wir auch etwas für deinen, sagen wir mal ganz vorsichtig, komischen Geschmack.«

Ich stehe wie angewurzelt da. So krass war das noch nie. Es kommt mir wirklich so vor, als würde die Stimme vor mir aus dem Raum kommen und nicht wie sonst aus meinem Kopf. *Rick, verdammt nochmal, komm wieder klar. Es geht einfach nicht, er kann da nicht stehen. Sebastian ist tot. Er ist tot, auch wenn du es nie fassen konntest. Finde dich endlich damit ab.*

»He, Rick, nun sag doch mal was. Mein Gott, wir haben jetzt keine Zeit für Sentimentalitäten, wir müssen uns etwas ausdenken, um hier rauszukommen. Ja, Alter, ich lebe. Und nein, ich bin nicht wieder auferstanden und ich bin nicht nur in deinem verkorksten Kopf. Ich bin hier, ich lebe seit damals hier in Kuba, hier in Havanna. Meine Mutter musste ja flüchten und ich bin mit ihr mitgegangen.«

Es ist wieder still. Das hätte ich auch nicht länger ausgehalten. So einen schlimmen Zustand hatte ich noch nie. Habe ich heute überhaupt die richtigen Tabletten genommen? Kann mich immer noch nicht bewegen, denn ich fühle mittlerweile sogar, dass da jemand ist. *Rick, verdammt, es kann nicht sein!*

»Habe gehört, deine Mutter lebt nicht mehr. Das tut mir ehrlich leid, auch wenn ich sie kaum gekannt habe. Du hast ja immer von ihr erzählt und ich hatte mich immer für dich gefreut, dass du wenigstens eine normale Mutter hattest.«

Die Stimme hört sich an, als ob Sebastian nur einen halben Meter vor mir steht. Nee, ist klar, der tote Sebastian steht hier und redet mit dir. Rick, komm endlich klar. Da hilft jetzt nur eins. Ich gehe jetzt auf die Stelle zu, von der mein Kopf mir erzählen will, dass die Stimme dort herkommt. Vielleicht kann ich dann mein Gehirn überlisten, dass es endlich mit dieser Scheiße aufhört. Es kostet mich eine enorme Kraft, nur einen Schritt zu gehen. Dann noch einen. Ich kann nichts dagegen tun, ich fange plötzlich an zu lachen. Ein regelrechter Lachkrampf übermannt mich. Bekomme sofort wieder Seitenstechen, aber ich kann einfach nicht aufhören. Das Lachen wird immer lauter und fängt an, hysterisch zu werden. Ich taumele lachend weiter. Ich fühle schon, wie es gleich umschlagen wird. Aus dem Lachen wird ein Weinen, dann ein jämmerliches Schluchzen. Wut steigt in mir auf. Aus dem Weinen wird ein Fluchen, ein Schreien. Ich drehe durch. Ich drehe durch und kann nichts dagegen unternehmen.

Ich fühle, wie Hände nach mir greifen. Mich an den Schultern packen, mich schütteln, sodass es schmerzt. Ich schreie weiter. Ich kann nicht mehr. Ich will nicht mehr leben. Meine Wange schmerzt, wird ganz heiß, als hätte ich eine Ohrfeige bekommen. Moment, ich *habe* eine Ohrfeige bekommen. *Rick, verdammt noch mal, das geht nicht*. Schlage ich mich schon selbst?

»Rick, verdammt, krieg dich wieder ein. Wenn du so weiter machst, kommen die rein und trennen uns. Dann war’s das. Jeder für sich kommt hier niemals raus. Rick! Ich lebe. Hier.« Eine Hand greift meine Hand und führt sie zu einem Gesicht.

»Hier, fühl doch selbst. Du bildest dir das nicht ein. Ich lebe. Ich habe nur so getan, als würde ich mich umbringen. Meine Mutter und ihre Leute haben die Leiche meines, also unseres Vaters in deine Wohnung geschleppt und dann haben wir die Bude angezündet. Da blieb nicht mehr viel übrig. Die Spurensicherung war auch nur halbherzig und es hat dafür ausgereicht, dass sie das, was sie gefunden hatten, also die Überreste von Vater, für mich hielten. Ich hatte ja auch einen Abschiedsbrief geschrieben.«

Meine Ohren rauschen, als ob jemand dort beständig reinblasen würde. Mein Körper zittert. Meine Hand berührt ein Gesicht. Sie wird wieder weggeschoben.

»So, nun genug Betatsche. Das wird ja peinlich.«

Ich höre etwas rascheln.

»Pass auf, Rick. Die Idioten haben mich nicht weiter durchsucht, bevor sie mich hier in das Rattenloch gesteckt haben. Ich mache jetzt kurz mein Feuerzeug an. Dann kannst du mal kurz was Schönes sehen, nämlich mich.«

Basti hat sich nicht verändert. Habe ich das jetzt im Ernst gedacht? Das würde ja bedeuten, dass ich jetzt glaube, dass mein bester Freund, mein Halbbruder noch lebt und jetzt hier gerade direkt vor mir steht.

»Bist du bereit, deinem Schöpfer entgegenzutreten, bist du bereit, in Gottes Antlitz zu schauen?« Er lacht.

Ich will etwas erwidern, aber meine Stimme ist blockiert. Es klickt. Das Feuerzeug ist an. Ich muss blinzeln. Meine Augen brauchen noch einen Moment. Als ich sein wahrhaftiges Gesicht sehe, das gespenstisch aussieht im Geflacker der Feuerzeugflamme, verfalle ich in eine Schockstarre. Er lächelt, verdreht die Augen mehrmals und steckt mir die Zunge heraus.

»Und wie sehe ich aus? Geil wie immer, oder? Sag jetzt nicht Falsches. Du siehst übrigens scheiße aus wie immer.« Er führt das Feuerzeug von oben nach unten und wieder zurück, um mich abzuleuchten.

»Junge, hast du eine Wampe bekommen. Musst dich wohl deiner Freundin anpassen? Mein Gott, Rick, guck doch nicht so, das war ein Scherz. Deine Caro ist schon eine Gute. Besser als die ganzen Schlampen, die sich immer in mich verliebt haben. So, mein Junge, jetzt weißt du, dass es stimmt, ich lebe. Ganz ehrlich, dass du dachtest, ich würde mir selber eine Kugel verpassen, kränkt mich schon ein wenig. Warum sollte ich solch eine jämmerliche Aktion durchführen? Da bist du doch eher der Typ zu, du kleines Sensibelchen. Wie gesagt, wir haben jetzt keine Zeit für sentimentales Geplänkel. Wir müssen schauen, dass wir hier aus diesem Loch kommen. Vielleicht haben die Wichser ja auch meine Mutter?«

Er hat das Feuerzeug wieder ausgemacht. Er. Sebastian. Der eigentlich tot ist. Der jetzt hier vor mir steht, als wenn nie etwas gewesen wäre. Entweder mein Gehirn spielt mir den größten Streich ever, oder ich stelle mich jetzt dieser unglaublichen Realität, dass mein bester Freund lebt. Ich muss endlich irgendwas machen. Mich bewegen. Etwas sagen.

»Sebastian, du lebst.« Natürlich. Bescheuerter kann ein Rick Ender nicht reagieren.

Basti stöhnt auf.

»Sehr gut, Rick. Du bist auf dem richtigen Weg. Willst du mich vielleicht nochmal angrapschen, also nur so. Vorsichtshalber. Damit wir vielleicht endlich zum Tagespunkt kommen können, der da heißt: Wie kommen wir hier endlich weg. Obwohl ...« Er stockt. Als hätte er eine Idee.

»Vielleicht solltest du diesen Idioten ihren scheiß Mikrofilm geben. Mehr wollen die ja anscheinend nicht. Keine Ahnung, was ich überhaupt damit zu tun habe.«

»Das weiß ich auch nicht.« Habe ich das gerade wirklich gesagt? Habe ich ihm jetzt wirklich geantwortet? Ist das jetzt amtlich, dass er unter den Lebenden weilt? Ich merke wieder die Hitze in mir. Ist es die Wut, die gerade von mir Besitz ergreifen will? Wie von selbst gehe ich einen Schritt nach vorn. Noch einen. Meine linke Hand geht nach oben, um zu ertasten, wann ich ihn erreicht habe. Da ich fühle ihn. Die andere Hand ballt sich zu einer Faust. Ich habe das Gefühl, ich werde ferngesteuert. Mein Arm schnellt nach vorn und meine Faust trifft sein Gesicht. Er stöhnt auf. Mein zweiter Schlag geht ins Leere. Ich sollte mein Glück nicht überstrapazieren.

»Alter, spinnst du! Kacke. Wehe du hast meine Nase gebrochen.« Stille.

»Ich hoffe, du fühlst dich jetzt besser«, sagt Sebastian.

»Ja«, sage ich und fühle mich tatsächlich besser. Die Hitze in meinem Körper ballert immer noch ohne Ende, aber mein Kopf ist jetzt klar. »Ich habe den Film im Hotelzimmer versteckt und eigentlich bin ich nicht gewillt, ihn irgendjemandem zu geben. Meine Mutter hat ihn mir überlassen und sie wird ihre Gründe dafür gehabt haben«, sage ich trotzig.

»Ich weiß nicht, ob das so schlau war, das Teil dort zu verstecken.« Seine Stimme kommt plötzlich von hinter mir aus Richtung der Tür.

»Ich hoffe, das Versteck ist gut. Nicht, dass die Putze es findet, wenn sie eure Pumahöhle säubert«, sagt Sebastian und seine Stimme hat einen fröhlichen Klang.

Ich drehe mich in seine Richtung.

»Das findet keiner, es ist im ...« Ich spreche nicht weiter. Ein unscharfer Gedanke macht sich in meinem Kopf breit und lässt mich nicht weiterreden. Hier stimmt was nicht.

»Na gut«, sagt Sebastian und klopft mehrmals an die Tür. »Man kann nicht alles haben, wir werden es schon finden.« Die Tür geht auf. Ich schließe die Augen, das Licht ist zu grell. Seine Worte kreisen um diesen unscharfen Gedanken.

»So lange musst du leider noch hierbleiben. Eigentlich wollten die Leute hier dir die Kehle aufschlitzen, aber ich konnte sie davon abhalten. So wegen der alten Zeiten und so, na, du weißt schon.« In seiner Stimme liegt Sarkasmus pur. Der Gedanke, der schon die ganze Zeit in mir herumschwirrt, ist jetzt ganz klar. Ich bin so ein Idiot. Er hat sofort vom Mikrofilm angefangen, das konnte er ja gar nicht wissen und das hätte mich sofort stutzig machen müssen. Nun muss ich mir aber zugutehalten, dass die Tatsache, dass er noch lebt, mich davon abgehalten hat, rationaler zu denken. Eins muss man Sebastian lassen, er ist so sehr überzeugt von sich, strahlt so ein unbändiges Selbstvertrauen aus, dass es abfärbt, wenn man mit ihm zusammen ist. Das habe ich in seiner Gegenwart schon des Öfteren erlebt. Das waren dann die Momente, an denen ich über mich hinauswachsen konnte.

»Es hat mich ein wenig Überredungskunst gekostet, ihnen glaubhaft klarzumachen, dass du kein Problem bist. Auch wenn du jetzt weißt, dass ich lebe, und du zum Beispiel an die Polizei weitergeben könntest, dass ich den Mikrofilm habe, bist du so ein Blödie, dass alle, denen du das erzählst, denken, du hast einfach nur einen an der Klatsche. Du wirst wohl nie unterscheiden können, was wahr oder nur Einbildung ist«, labert er weiter und bekommt nicht mit, dass ich ihn gleich erreicht habe.

»War mal wieder sehr amüsant, dich wiedergesehen zu haben. Machs gut, mein Freund.«

Das Wort *Freund* und der Einschlag meiner Faust in seinem Gesicht sind nahezu synchron. Diesmal schaffen es meine Augen, sich schneller an die Helligkeit zu gewöhnen. Mit dem Schlag sind wir beide in die Freiheit hinausgetreten. Dadurch kann ich sehen, wie er nach diesem für ihn aus dem Nichts kommenden Schlag nach hinten taumelt und Mühe hat, auf den Beinen zu bleiben. Auch er muss sich an das grelle Licht außerhalb der Hütte gewöhnen. Das muss ich ausnutzen. Ich nehme Anlauf und bringe ihn mit voller Wucht zu Fall. Wir stürzen zusammen auf den Boden, aber er leider mit seinem Kopf auf einen großen Stein. Ich bekomme meinen Atem nicht unter Kontrolle. Ich merke gerade gar nichts. Der Adrenalinspiegel ist zu hoch, um auch nur den kleinsten Schmerz zu fühlen. Ich rappele mich von Sebastian hoch. Er liegt einfach nur da. Unter seinem Kopf bildet sich eine Blutlache. Scheiße, habe ich ihn umgebracht? Ist er jetzt ein zweites Mal gestorben? Ich reiße mich aus meiner Starre, die der Anblick erzeugt hat. Ich bin endlich aus dem Loch raus und könnte Hilfe holen. Will mich runterbeugen, Sebastians Puls fühlen. Dazu komme ich nicht. Mich trifft etwas auf den Rücken, dem auch das Adrenalin nichts entgegenzusetzen hat. Ich schreie auf vor Schmerzen, falle sofort auf die Knie und muss mich mit den Händen abstützen, sodass eine Hand direkt in die Blutpfütze fasst. *Luft holen, Rick, Luft holen.* Meine Stimmen geben wieder gute Ratschläge. Ich weiß noch nicht, was mich getroffen hat, aber ich fühle, dass wieder etwas auf mich herab saust. Mit den letzten Kräften springe ich zur Seite und sehe knapp neben mir eine Holzlatte in den sandigen Boden einschlagen. Ich rolle mich weg, einmal, zweimal und bleibe dann kurz auf dem Rücken liegen. Ein Schatten, der auf mich zukommt. Ich halte meine Arme schützend vor mein Gesicht und erwarte resignierend den nächsten Einschlag. Der kommt nicht, obwohl ich es krachen höre. Ich öffne die Augen und der Schatten ist weg.

»Rick, los, wir müssen hier weg.« Die Stimme kommt

mir bekannt vor, aber ich kann sie nicht einordnen. In der Ferne sind Sirenen zu hören.

»Rick, komm endlich.« Eine Hand kommt in mein Sichtfeld. Ich greife zu und werde mit Leichtigkeit hochgezogen. Jetzt erkenne ich, wer das ist und habe den Drang, wegzurennen. Eine Stimme mahnt mich, dass dieser Typ mir gerade geholfen hat.

»Was wollen Sie von mir?«

Mein Spiegelbild schaut mich fragend an. »Also, wenn das hier alles vorbei ist, würde ich dich gerne näher kennenlernen. Jetzt möchte ich, dass du mir vertraust und machst, was ich sage.«

Ich verschränke die Arme wie ein trotziges Kind.

»Und wenn ich das nicht tue? Dann verpassen Sie mir eine Kugel?« Die Sirenen kommen näher.

»Wenn du das nicht tust, bist du ein Dickkopf, so wie deine Mutter dich beschrieben hat. Wenn du mir nicht vertraust, wird dir wahrscheinlich wirklich eine Kugel verpasst, aber sicher nicht von mir. Junge, glaub mir, für mich ist das auch eine neue Situation. Erst vor ein paar Monaten habe ich erfahren, dass ich einen Sohn habe. Wir können jetzt hier stehenbleiben und debattieren, ob das nun alles wahr ist und warum wir beide erst jetzt davon erfahren, aber dann können wir, um bei deinen Worten zu bleiben, uns auch gleich selbst die Kugel geben. Ich habe dir das Tagebuch nicht weggenommen, sondern es nur in Sicherheit gebracht. Wenn dieser ganze Spuk hier vorbei ist, bekommst du es wieder und kannst darin nachlesen, dass ich dein Vater bin.«

Es können nur noch Sekunden sein, bis die Polizei hier erscheint. In diesem speziellen Fall sind die wahrscheinlich nicht mein Freund und Helfer, schon der mangelnden Sprachkenntnisse wegen. Sogar in meiner eigenen Sprache könnte ich kaum erklären, was hier gerade alles passiert. Mein Blick fällt auf Sebastian.

»Moment«, sage ich und will zu meinem Freund, oder soll ich sagen, ehemaligen Freund, gehen. Der Mann hält mich am Arm fest.

»Junge, ein letztes Mal, wir müssen hier weg, jetzt!«

»Wir können ihn doch nicht einfach liegenlassen.«

Er reißt mich zu sich heran.

»Doch, können wir. Ich glaube, dass er tot ist und wenn nicht, dann werden ihm die Bullen, die in ein paar Sekunden hier sein werden, helfen. Der Typ hätte dich hier verrecken lassen. Seine kubanischen Freunde, die er sich anscheinend von der Straße geholt hat, haben schon längst die Flucht ergriffen. Sie waren nur Staffage, er handelt ganz allein. Niemand kennt diese Blechhütte, hier lebt keiner weit und breit und dein toller Freund wäre sicher nicht zurückgekommen, um dich wieder rauszulassen. Rick.«

»Was?«, sage ich verärgert. Ich schaue mich um und erfasse zum ersten Mal, wo man mich hinverfrachtet hat. Eine kleine Blechhütte im Niemandsland. Weit und breit nur Stein und Geröll.

»Können wir das alles später bereden? Ich möchte so schnell wie möglich dieses Land verlassen. Ich vertrage diese Wärme einfach nicht mehr in meinem Alter«, sagt er mit sarkastischem Unterton. Er duldet keine Widerrede mehr und zieht mich am Arm.

Wir rennen eine Böschung hinunter und er muss mich dabei immer wieder stützen. Mein Adrenalin scheint verbraucht zu sein. Ich fühle jede Faser meines Körpers und es gibt keine, die nicht schmerzt. Wir erreichen ein Motorrad. Ich habe keine Ahnung von den Dingern, aber es sieht wie so eine Geländemaschine aus. Er steigt auf und kickt mit geübten Bewegungen den Ständer zur Seite.

»Sie wollen nicht wirklich, dass ich mich da jetzt mit draufsetze.«

Er rollt mit den Augen und seufzt. »Rick, das ist jetzt nicht dein Ernst? Was soll außerdem die Sie-Scheiße? Mir ist schon klar, dass du mich jetzt nicht Vater nennen wirst. Nenn mich Dirk.«

Ich schüttele den Kopf.

»Nein, Dirk, ich bin doch nicht lebensmüde. Und schon gar nicht ohne Helm.«

Dirk lacht laut. »Ich kann nicht mehr. Rick, mein Junge, deine Mutter hat mir von deiner, sagen wir mal, konservativen Lebensart erzählt. Nimm doch jetzt einfach den Stock aus deinem Arsch und setz dich auf die Maschine.« Ich brauche nicht mehr zu überlegen, ob ich das Wagnis eingehen soll, mit diesem Dirk auf die Maschine zu klettern, denn hinter uns fallen Schüsse. Aufgeregte Stimmen brüllen etwas. Ich springe regelrecht auf das Motorrad und wäre beinahe gleich wieder runtergefallen, wenn ich mich nicht an Dirk festgehalten hätte.

»Das sind Polizisten, die schießen doch jetzt nicht wirklich auf uns?«, sage ich verwundert.

»Oh doch, mein Junge. Das waren keine Warnschüsse und jetzt halte dich gut fest.« Er gibt Gas und ich habe Mühe, mich bei ihm festzukrallen.

17

Wir betreten das Hotelzimmer und uns wird unmissverständlich klar, dass wir zu spät kommen. Ich renne sofort in das zweite Zimmer.

»Caro?«, brülle ich. Außer dem gleichen Chaos wie im anderen Zimmer ist hier niemand.

»Ich hoffe, dein Versteck war gut.«

Ich schrecke zusammen. Dirk steht direkt hinter mir.

»Scheiß was auf das Versteck«, sage ich erbost. »Wir müssen Caro finden!«, brülle ich Dirk an.

Er hebt die Hand und zeigt dann mit dem Finger auf seinen Mund. Ich soll leise sein. Schleichend und gebückt und trotzdem schnell geht er auf das Fenster zu. Versucht, so von der Seite hinauszuschauen, dass man ihn selbst nicht sehen kann. Kommt genauso schnell wieder zurück.

»Wir müssen hier weg und das sofort«, flüstert er.

Ich schaue ihn fragend an.

»Wieder die Bullen, haben die uns doch eingeholt?«

Er schüttelt den Kopf.

»Nein, schlimmer. Wo hast du den Mikrofilm versteckt?«

Ich stoße ihn. »Hast du mich nicht verstanden«, sage ich nicht mehr flüsternd. »Wir müssen Caro finden. Mir ist dieser scheiß Film egal.« Was meint er überhaupt mit schlimmer?

»Wer ist da unten?«, frage ich ihn.

Er schaut mich zornig an.

»Rick, ich sagte, du sollst leise sein.« Er will wieder zum Fenster gehen, aber ich halte ihn zurück.

»Weißt DU vielleicht, wo Caro ist, steckst du vielleicht mit diesem Gesindel zusammen?«, frage ich ihn und bin nicht gewillt, das leise zu sagen.

Er holt tief Luft. Mit einer blitzschnellen Bewegung drückt er mir seine Finger in die Schulter, dass sofort meine Beine nachgeben. Der Schmerz schickt mir Blitze vor das innere Auge. Meinen Schrei hält er mit der anderen Hand auf meinem Mund auf. Das Drücken in der Schulter plus die Hand auf Mund und Nase machen mich vollkommen unbeweglich und ich habe das Gefühl, dass ich gleich wegtrete. Ich liege auf dem Boden und Dirk ist über mir. Er lässt mich wieder los und beugt sich so tief hinunter, dass er mit dem Mund mein Ohr berühren kann. Ich habe damit zu tun, Atemluft zu bekommen. Ganz langsam fühle ich auch wieder meine Beine.

»Junge, ein letztes Mal«, flüstert er mir ins Ohr. »Das da unten sind ziemlich gut ausgebildete Leute, die keine Gefangenen machen. Die haben nichts zu verlieren und fühlen sich wie Götter. Ich kann es nicht mit allen da unten aufnehmen, deshalb bitte ich dich inständig, mir endlich zu vertrauen und alles so zu tun wie ich es dir sage. Nur dann können wir überleben. Ein Fehler von uns und wir sind weg vom Fenster. Wenn wir hier aus diesem beschissenen Land raus und in Sicherheit sind, soweit man vor dieser Gruppe eben sicher sein kann, dann erzähle ich dir alles und du wirst verstehen, in welcher Gefahr wir uns gerade alle befinden. Die Leute denken nur groß! An Weltherrschaft und so einen Kram. Also, Rick, ich bitte dich, halte jetzt deine

Klappe und tue, was ich dir sage. Wenn nicht für mich, dann für deine Mutter. Die hat große Stücke auf dich gesetzt, sonst hätte sie dir nicht diesen, wie du sagst, scheiß Mikrofilm übergeben.« Er redet nicht weiter und schaut auf.

Jetzt höre ich es auch. Ein undefinierbares Geräusch. Dirk hilft mir auf.

»Wo hast du den Film versteckt?, «flüstert er.

Noch immer bin ich nicht ganz überzeugt davon, dass ich ihm wirklich vertrauen kann. Aber er hat mir gezeigt, wozu er fähig ist, deshalb bleibt mir wohl nichts anderes übrig, als zu tun, was er sagt. Ich zeige auf einen Hängeschrank.

»Dort sind Filtertüten für die Kaffeemaschine drin. In der siebten steckt der Film«, flüstere ich nun auch. »Sieben ist meine Lieblingszahl«, raune ich ihm noch unnötigerweise zu.

Er schüttelt den Kopf und schleicht zum Schrank. Kurioserweise liegen die Tüten unberührt da, wohingegen alles andere, was auch im Schrank war, überall verstreut liegt. Ist garantiert so ein psychologisches Ding, Filtertüten werden nicht wahrgenommen, die sind einfach nur da. Vielleicht hat mein Gehirn sie deshalb als Versteck ausgesucht. Zu irgendetwas muss es ja auch mal nutze sein, als mir nur ständig etwas vorzugaukeln, was gar nicht vorhanden ist. *Sebastian ist vorhanden*. Ja, aber vielleicht habe ich das ja vorhin wieder geradegerückt, er sah nicht so aus, als würde er noch unter den Lebenden weilen.

Dirk hat die Filtertüte mit dem Film gefunden, sie zusammengefaltet und was er dann tut, ist entweder wieder Vorstellung meines Kopfes oder wie aus einem alten Spionagefilm. Er zieht sich seinen rechten Schuh aus und dreht den Absatz zur Seite. Mein Mund ist offen und ich schaue ihn mit großen Augen an, wie ein Zuschauer, der gerade einem Magier auf der Bühne zusieht, wie er eine Jungfrau in zwei Hälften teilt. Nachdem Dirk den Film samt Filtertüte verstaut hat, dreht er den Absatz wieder zurück und ich höre sogar ein Klicken als Beweis, dass er wieder arretiert ist. Plötzlich gibt Dirk mir nonverbal zu verstehen, dass ich mich flach auf die Erde legen soll. Meine Augen verfolgen sein Tun weiterhin. Er sprintet, ohne ein einziges Geräusch zu verursachen, neben die Hotelzimmertür, sodass, wenn man sie öffnet, er dahinter nicht sichtbar ist.

Sie wird geöffnet. Langsam. Mein Körper ruft sofort den gleichen Unsinn ab wie immer. Er lässt mich die Luft anhalten. Ein Mann erscheint mit vorgehaltenem Gewehr und bleibt im Türrahmen stehen. Kein Kubaner. Im ersten Moment fallen mir Hooligans ein, die man oft nach Fußballspielen in Horden auf der Straße sieht. Fast kahl rasiert und sogenannte Springerstiefel an. Er horcht und seine Augen checken den Raum. Er kann mich aus seiner Position nicht so schnell sehen. Ich warte, nein, ich hoffe inständig darauf, dass Dirk dem Typen die Tür in seine Visage rammt, denn ich kann gleich nicht mehr die Luft anhalten. Nichts tut sich. Der Mann scheint auch alleine zu sein, oder sagen wir mal so, ich hoffe, dass es so ist. *Ich kann es nicht mit allen aufnehmen.* Der Satz von Dirk leuchtet wie eine Warnlampe in meinem Kopf auf. Mich würde es nicht wundern, wenn der Typ jetzt sein Gewehr durchladen würde, wie man es aus Filmen kennt und sich da immer wundert, warum der das nicht schon vorher getan hat. Alles hier, die gesamte Situation schreit nach einem billigen Actionfilm.

Endlich macht er ein paar Schritte nach vorn und betritt das Zimmer. Er kommt nicht darauf, mal hinter die Tür zu schauen. Ich denke mir gerade noch, dass auch das wie in einem Film ist, der nur so vor Unlogik strotzt, da schlägt Dirk auch schon zu. Und das im wahrsten Sinne des Wortes. Mit den Füßen voran springt er dem Eindringling in den

Rücken. Das ist so schmerzhaft für den Getretenen, dass er laut aufschreit und seine Waffe fallen lässt. Er landet auf seinen Knien und hält sich mit beiden Händen die Hüfte. Ich kann wieder Luft holen und Dirk verschafft es die Zeit, wieder aufzustehen, denn dafür muss solch ein Sprung mit beiden Beinen erstmal richtig sitzen. Genau im richtigen Moment steht Dirk wieder, sodass er dem Typen, der sich jetzt in seine Richtung umdreht, mit einem Fuß direkt in sein Gesicht treten kann. Das tut er mit solch einer Wucht, dass ich das Knacken des Genickes höre und der *Hooligan* wie ein nasser Sack zu Boden fällt. Erst schaut Dirk in den Flur, ob es weitere Angreifer gibt, dann kommt er zurück und untersucht den Toten. Ich erhebe mich. Normalerweise würde ein normaler, rechtsschaffender Mensch ungläubig auf die Szenerie schauen, ein Rick Ender nicht. Ich möchte jetzt nicht behaupten, dass ich mittlerweile abgestumpft wäre, aber ich muss mir eingestehen, dass mich die Leiche vor mir nicht weiter juckt. Dazu habe ich schon zu viele gesehen. Meine Gedanken gruseln mich. Als ich näherkomme, zucke ich dann doch zusammen, als ich sehe, was er um den Hals trägt. Es ist der gleiche Anhänger, den auch mein Vater, oder besser gesagt, der Mann, den ich bisher dafür hielt, getragen hat. Ich habe kurz das Gefühl, dass mich das Krokodil anzwinkert. Ich sehe wieder das Tagebuch meiner Mutter vor mir. Es wird wohl kein Zufall sein, dass dort ebenfalls ein Krokodil abgebildet ist. Dirk stößt mich an.

»Los, wir müssen hier weg. Leider können wir nicht den üblichen Weg nehmen, wenn ich alle gesehen und richtig gezählt habe, sind noch drei Männer unten und würden uns gerne einen herzlichen Empfang bieten.« Während er redet, zieht er mich am Arm hinter sich her, zum anderen Zimmer und dort zum Fenster, das nach hinten raus zeigt. Wir schauen beide gleichzeitig hindurch und nach unten. Nee, ist klar, der will jetzt hier nicht wirklich raus. Für mich ist es der zweite Stock und ein unüberwindbares Hindernis. Für ihn ist es wahrscheinlich nur der zweite Stock. Er schaut nach oben und tippt mich an.

»Siehst du den Vorsprung da? Wenn wir uns auf das Fensterbrett stellen, müssten wir drankommen. Dann können wir uns bis zu diesem Blechdach da vorne hangeln.« Er zeigt auf ein kleines Vordach ein paar Meter weiter.

»Bist du bescheuert«, sage ich.

Er schaut mich kurz an und zwinkert mir zu.

»Ich gehe voraus.« Mit diesen Worten klettert er auf das Fensterbrett. Ich halte ihn am Bein.

»Was?«, fragt er genervt.

»Was machen wir dann, wenn wir das Dach erreicht haben?«, frage ich.

Er schaut zum Dach, dann wieder zu mir und zuckt mit den Schultern.

»Werden wir dann sehen.«

Diese Antwort hatte ich befürchtet. Er wendet sich wieder ab und fängt an, sich an diesem Vorsprung entlang zu hangeln. Ich schaue mich um. Es muss doch noch einen anderen Weg geben. Er kann doch nicht im Ernst von mir erwarten, dass ich ihm das jetzt gleichtue. Warum kann das hier nicht einfach ein Film sein, so wie Herr Klausen sich das vorgestellt hatte? Dann würde mein Standdouble das für mich machen. Hinter mir ertönen Geräusche.

»Scheiße«, fluche ich und klettere ebenfalls auf das Fensterbrett.

Ich schaue zu Dirk. Der Kerl hat natürlich schon das Dach erreicht. Er scheint auch eine neue Idee zu haben, denn er klettert vom Dach, ein Stockwerk höher. Na fantastisch. Die Geräusche werden lauter. Oh Mann, die Kante ist schmaler, als ich gedacht habe. Fluchend und mit Schmerzen in den Fingern klettere ich bis zum Dach. Viel weiter hätte es auch nicht sein dürfen. Meine Finger kann ich kaum noch bewegen.

»Jens hat es erwischt«, höre ich es aus der Richtung, aus der ich gerade komme. Ein Hooligan, der Jens heißt, aber warum nicht. Ich schaue nach oben. Dirk streckt mir seine Hand entgegen.

»Los Junge, ich halte dich«, ruft er mir aufmunternd zu.

Ich stöhne auf. Kann dieser Albtraum bitte endlich ein Ende haben? Ich reiche ihm den Arm und ohne viel Mühe zieht er mich hoch, hinein in ein anderes Hotelzimmer. Als ich zur Tür rennen will, hält er mich fest.

»Junge, wo willst du hin?«

Ich schaue ihn fragend an.

»Die sind schon in meinem Zimmer, wir müssen abhauen«, sage ich und wundere mich, dass ich das alles erwähnen muss.

»Abhauen ja, aber sicher nicht in diese Richtung. Wir müssen aufs Dach.«

Okay, jetzt dreht er völlig durch. Das ist eigentlich meine Aufgabe.

Er tätschelt meine Wange. »Nun schau nicht so entsetzt, das schaffen wir auch noch.«

Woher die Leute in brenzligen Situationen immer ihre Zuversicht nehmen, ist mir ein Rätsel. Früher Sebastian, jetzt er. Alle kennen immer nur einen Weg und der geht nach oben. Was ich sinnbildlich meine, ist jetzt hier in meiner Situation Realität. Wir müssen nach oben auf das Dach. Sollte ich mich darüber freuen, dass dieses kleine Hotel nur drei Stockwerke hat? Ich schaue verdattert wieder zum Fenster. Dirk ist verschwunden. Ich schaue raus und nach oben. Wieder seine Hand. Das hat schon eine gewisse Symbolik. Ich klettere mal wieder auf das Fensterbrett und greife mal wieder die rettende Hand von Dirk, meinem

Vater, der mich hochzieht. Ich will verschnaufen und schrecke zusammen. Neben uns ist etwas eingeschlagen.

»Scheiße«, sagt Dirk und zieht mich auf den Boden. »Scharfschütze auf ein Uhr.«

Ich schaue ihn an.

»Dein Ernst? Ein Uhr?« Ein Film, der keiner ist.

»Komm!«, brüllt er und robbt los. »Versuch deinen Arsch unten zu behalten!«

Scherzkeks. Wie soll ich das machen? Dann komme ich ja nie vorwärts. Das hat mein Sportlehrer früher immer schon gesagt, als wir den Hindernisparkour absolvieren mussten.

»Ender, kannst du beim Robben nicht einfach mal den Arsch unten lassen«, brüllte er mich dann immer an. Damals war es mir egal, wenn ich vorwärts wollte und nicht ganz gegen meine Mitschüler ablosen wollte, musste ich halt meinen Hintern dabei nach oben bewegen. *Ja, aber da hat auch kein Scharfschütze aus Richtung ein Uhr auf dich geschossen.* Mein dicker Po wäre wahrscheinlich ein leichtes Ziel für ihn. Oh Mann, wo befinde ich mich bloß, dass jemand zu mir sagen muss, Scharfschütze auf ein Uhr. Ich bekomme einen Krampf beim verzweifelten Versuch, den Hintern unten zu behalten. Komme auch nicht schnell genug vorwärts auf diese Tour. Ich sehe schon, wie mich die erste Schnecke überholt.

Irgendwie und nach einer gefühlten Ewigkeit schaffe ich es dann doch, Dirk zu erreichen. Mein Hintern ist auch noch heil.

»Und jetzt?«, frage ich. »Wo bleibt der Hubschrauber, den du doch sicher angefordert hast?« Das beste Mittel gegen meine Angst ist Sarkasmus.

Nur ein kleiner Vorsprung versteckt uns vor dem Schützen. Dirk geht in die Hocke. Er scheint nachzudenken. Er sieht mich an, nachdem ich auch in die Hocke gegangen bin.

»Auf dem Weg hierher zum Hotel habe ich einen Pool gesehen.« Er zeigt auf das Ende des Hoteldachs. »Ich glaube, der war in dieser Richtung«, sagt er und es klingt wenig überzeugend.

Ich schaue ihn kopfschüttelnd an. »Das ist nicht dein Ernst.«

Er zwinkert mir wieder zu. Diese ganze Action hier scheint ihm zu gefallen. Zum ersten Mal betrachte ich ihn genauer und fange an, mich zu schämen. Ich jammere hier die ganze Zeit rum, aber was soll er denn sagen? Wenn er im Alter meiner Mutter ist, dann ist er jetzt mindestens achtundsechzig Jahre alt. Ja, man sieht es ihm nicht wirklich an, aber wenn ich nur an meine Wehwehchen mit fünfzig denke, dann frage ich mich echt, wie er das alles macht.

»Sagen wir mal so, ich bin mir ziemlich sicher, dass dort der Pool ist«, sagt er und kratzt sich dabei an seinem Ellenbogen.

»Du hast nicht das vor, was ich denke? Dirk, du bist dir nicht mal sicher, dass dort der Pool ist, und dann weißt du auch nicht, wie weit er vom Haus entfernt ist. Wir sind hier nicht bei Pipi Langstrumpf und machen uns die Welt, wie sie uns gefällt«, sage ich ziemlich aufgebracht.

»Ich habe immer Alfons Zitterbacke gelesen.« Er streckt seine Hand für einen Bruchteil nach oben. Sofort fällt der nächste Schuss.

»Wir haben wohl keine Wahl«, sagt er schulterzuckend. Er greift meine Hand. »Ich zähle jetzt bis drei und wir rennen los. Du brauchst dich nicht dabei ducken, das macht uns dann nur langsamer. Wenn wir schnell genug sind, hat der Schütze Schwierigkeiten uns zu treffen. Außerdem bin ich mir ziemlich sicher, wer da hockt und darauf wartet, dass wir das Zeitliche segnen. Er ist nicht mehr der Jüngste und ich hoffe, er ist nicht mehr so gut, wie er es mal war.«

Ich reiße meine Hand los und tippe mir an die Stirn.

»Du hast doch einen Vogel. In deinen ganzen Sätzen höre ich ständig *ich glaube* und *ich hoffe*. Was ist, wenn du dich bei allem irrst? Es muss doch noch eine andere Möglichkeit geben!« Ich merke selber, dass ich mich wieder wie ein trotziges Kind aufführe. Aber alles, was er sagt, ist doch einfach nur irre. Wir sind doch hier nicht in einem Videospiel, wo wir den Level so oft wiederholen können, bis wir es endlich geschafft haben.

Er nimmt wieder meine Hand. Die Panik ergreift mich aus dem Nichts. Er meint es ernst. Er hat doch die Erfahrung bei solch einem Kack. Wenn er also sagt, es gibt keine andere Möglichkeit, wer bin ich denn, das infrage zu stellen. Na, Rick Ender, der Haderer vor dem Herrn.

»Falls wir das hier nicht überleben, möchte ich dir nur sagen, dass ich froh bin, dass ich meinen Sohn, wenn auch nur kurz, noch kennenlernen durfte. Das sage ich aber nur pro forma, denn wir schaffen das. Du musst immer dicht bei mir bleiben.«

Ich glaube, dass bei ihm ein paar Tränen zu sehen sind, so wie seine Augen schimmern. Es kann aber auch nur das Licht sein. Seine kurze Ansprache war schön, hindert aber meine Panik nicht daran, mir den Hals zuzuschnüren.

»Auf drei«, sagt er und fängt an zu zählen.

Mein Herz schlägt von innen gegen meine Brust, als würde es vor Angst so schnell wie möglich rauswollen. Ich höre Dirk nicht mehr, aber der Ruck an meiner Hand sagt mir, er hat die Drei erreicht. Wir rennen. Ich spüre meine Beine nicht mehr, aber sie scheinen zu funktionieren. Der Rand des Daches kommt näher. Wie durch Watte höre ich Schüsse. Dann ein Wort, das mich instinktiv die Augen schließen lässt.

»Spring!«

Mit geschlossenen Augen stoße ich mich ab. Wir fliegen ins Bodenlose. Das Adrenalin breitet sich schlagartig aus, als ob irgendwo jemand in meinem Körper seine Schleusen dazu geöffnet hat. Das Hormon tut seine Arbeit. Mein Puls erhöht sich. Der Blutdruck steigt. Meine Pupillen und meine Bronchien erweitern sich. Unruhe und Angst werden ausgelöst. Ich öffne die Augen und sehe das Wasser. Halte die Luft an. Genau rechtzeitig. Die Wassermassen schließen sich über mir. Erst jetzt lässt Dirk mich los. Ich habe keine Zeit, mich über die Erkenntnis zu freuen, dass Dirk mit dem Standort des Pools recht hatte. Ich tauche auf. Sehe, wie Dirk aus dem Wasser steigt. Mit zwei Schwimmzügen habe auch ich den Beckenrand erreicht und ziehe mich heraus. Ich bin total fertig. Dirk ergreift wieder meine Hand und zieht mich hoch und als ich in sein Gesicht schaue, sehe ich ein kurzes Lächeln. Was für ein Teufelskerl.

Laute Stimmen reißen mich aus der Huldigung. Wir rennen. Mal wieder. Und immer noch habe ich nur eine Badehose an. Von außen betrachtet wahrscheinlich ein erheiterndes Bild, wie hier gerade zwei Männer vor Nässe triefend auf der Straße rennen. Schmerzhaft wird an meinem Arm geruckt, weil Dirk die Richtung ändert. Hupende Autos, schreiende Menschen. Schüsse. Unsere Flucht ist an Dramatik nicht mehr zu überbieten. Dirk lässt meine Hand los und springt vor ein fahrendes Auto, das gerade noch bremsen kann. Ehe ich mich versehe, reißt er die Fahrertür auf und zieht den Fahrer raus. Der wehrt sich. Nur kurz. Mit zwei Fausthieben zeigt Dirk dem Mann, wem das Auto jetzt gehört. Ich stehe die ganze Zeit wie ein Schaulustiger daneben.

»Rick, verdammt nochmal, steig ein«, brüllt Dirk, während er sich hinter das Steuer setzt.

Ich renne auf die Beifahrerseite und versuche, die Tür zu

öffnen. Sie ist verriegelt. Äußerst schlecht, denn es fallen Schüsse. Dirk entriegelt die Tür und ich reiße sie auf und springe hinein.

Dirk wartet nicht, bis ich die Tür schließe, sondern gibt Gas. Wir peitschen mit quietschenden Reifen über die Straße. Bremsen. Wieder Gas. Lenkrad rumreißen. Beinahe hätten wir eine ältere Dame erwischt, die gerade die Straße überqueren will. Wir fahren weiter. Der Motor röhrt und hört sich nicht gerade vertrauenerweckend an. Ich drehe mich nach hinten und sehe vereinzelte Autos, Menschen, die uns den Stinkefinger zeigen, aber ehrlich gesagt keine Verfolger. Also drehe ich mich wieder nach vorn.

»Dirk«, brülle ich, um den Motorenlärm zu übertönen. Er schaut kurz zu mir, dann wieder voll konzentriert nach vorne.

»Kann es sein, dass wir sie abgeschüttelt haben?«

Er schaut in den Rückspiegel.

»Ja, ist möglich, aber wenn, dann nur für kurze Zeit. Wir müssen es vor ihnen zum Hafen schaffen«, brüllt er zurück.

Ich erstarre. Wo will er hin? Zum Hafen?

»Was sollen wir bitte beim Hafen? Das ergibt doch überhaupt keinen Sinn!«

Er antwortet nicht und schaut stur geradeaus.

»Dirk, halt mal bitte hier irgendwo an.« Keine Reaktion. Ich tippe ihm gegen die Schulter. »Dirk, du sollst anhalten, wir müssen reden.«

Ohne mich anzusehen, antwortet er: »Nein, wir müssen zum Hafen. Vertrau mir.«

Das scheiß *vertrau mir* kann er langsam sein lassen. Mir bleibt nichts weiter übrig. Ich fasse ins Lenkrad und reiße es nach rechts. Dirk brüllt etwas Unverständliches und versucht, dabei das schlingernde Auto wieder unter Kontrolle zu bekommen. Er schafft es und lenkt es wieder auf die Straße zurück. Wenn ich auch in vielen Situationen ein Weichei bin, ich kann auch des Öfteren sehr stur sein. Wieder greife ich ihm ins Lenkrad und bringe ihn so dazu, dass er endlich rechts ranfährt, natürlich nicht, ohne einen Mülleimer zu touchieren. Als wir stehen, springt Dirk aus dem Auto heraus und kurz denke ich, er kommt auf meine Seite, um mich zu vermöbeln. Er bleibt am Vorderrad stehen und tritt mehrmals mit dem Fuß dagegen. Okay, seine Art, Frust abzulassen. Ich steige auch aus. Wir schauen uns über die Motorraumklappe hinweg in die Augen. Seine flackern ein wenig, habe ich den Eindruck.

»Kann es sein, dass du was ziemlich Wichtiges vergessen hast?«, eröffne ich das Gespräch.

Er holt tief Luft.

»Und was soll das sein, Rick?« Seine Stimme klingt mehr als verärgert. Das wiederum verärgert mich.

»Ich habe ja keine Ahnung, was deine Mission ist und eigentlich ist es mir auch völlig egal. Nehmen wir mal an, ich glaube dir, dass du mein Vater bist, wo bitte ist das Tagebuch meiner Mutter? Ich habe den Schlüssel bekommen und ich ...«

Er unterbricht mich.

»Du hast das Tagebuch bekommen, weil ich dir einen meiner Männer geschickt habe, um dir den Schlüssel für das Schließfach zu bringen. Vielleicht kannst du dich ja noch fern daran erinnern, dass er dafür sterben musste. Ist ja noch nicht so lange her, sollte dir also noch im Gedächtnis sein.« Er kommt, während er weiterspricht, um das Auto herum. Um was zu tun? Um mich wieder zum Einsteigen zu zwingen?

»Junge, was denkst du, was du hier machst? Mal mit deiner Freundin einen schönen Urlaub? Mal die Seele baumeln lassen? Wie bist du denn zu der Reise gekommen? Und warum ausgerechnet jetzt? Zufall? Schicksal? Echt jetzt? Du, Rick Ender, der ewige Zweifler, glaubst an Zufall oder Schicksal? Mann, Junge, ich weiß alles. Du bist mit dem Tagebuch nach Hause gekommen, was echt eine Leistung von dir war, den Leuten, die dich gejagt haben, zu entkommen. Und dann macht dir deine Freundin klar, dass sie urplötzlich eine Reise nach Kuba gebucht hat. Wahrscheinlich hat sie dir erzählt, dass sie sie gewonnen hat.«

Mir wird schwindelig, ich halte mich am Auto fest.

»Ja«, sage ich kleinlaut und versuche mit aller Macht irgendwie Speichel zu produzieren, weil ich sonst das Gefühl habe, dass mein Mund austrocknet.

»Oh Gott, ich fasse es nicht«, führt Dirk die Rede weiter. Er kommt näher ran. Hebt meinen Kopf. Streicht mir über das Haar. Und mir kommt sofort in den Sinn, wie der Vater seinem Sohn. Nur diese Berührung, seine Stimme, sein Gesicht, das alles überwältigt mich. Mein Körper fängt an, unkontrolliert zu zittern. Das Einzige, was ich jetzt schaffe, ist, die Tränen zurückzuhalten. An seiner starken Schulter, mit dem, was ich jetzt alles von ihm gesehen habe, wäre es einfach nicht fair von mir, den jammernden Sohn abzugeben. Er nimmt mich in den Arm. Seine Stimme wird weicher.

»Wenn wir jetzt mehr Zeit hätten, würde ich dir das große Ganze erklären. Sicher nicht bis ins Detail, denn so richtig weiß ich noch nicht, was dein Freund und deine Freundin für eine Rolle spielen. Also, warum sie hier mitzocken wollen, das ist mir schon klar. Es ist so unsagbar viel Geld im Spiel, das kann schon den Einen oder wie in deinem Fall die Eine dazu verführen, verbotene Sachen zu machen. Mann, Junge, ich kann dir nur nochmal ans Herz legen, mir zu vertrauen, und ich würde schon beinahe sagen, sonst niemandem.« Er hebt wieder meinen Kopf, sodass wir uns ansehen können.

»Nicht mal deiner Freundin kannst und darfst du vertrauen, so schwer es dir auch fallen wird. Ich bin mir sicher, dass du sie mit ganzem Herzen liebst, aber glaube mir, sie dich nicht.«

Nun kann ich meine Tränen doch nicht mehr zurückhalten. Ich gehe ein paar Schritte von ihm weg. Meine inneren Stimmen schreien, *glaube ihm, nur ihm!*, aber mein Herz, meine Seele, so kitschig sich das alles anhört, die glauben ihm nicht. Meine Caro. Es ist meine Caro. Sie hat mein Leben so sehr verbessert und bereichert. Meine Mutter mochte sie auch. Vielleicht glaubt mein Vater zu wissen, dass Caro mich nicht liebt, aber vielleicht irrt er sich auch. Wir alle irren uns manchmal im Leben.

Ich höre Sirenen. Ich will nicht abwarten, ob sie uns gelten oder irgendjemand anderem. Ich steige wortlos ins Auto. Vater steigt auch ein. Ich spüre seinen Blick. Meine Augen sind geradeaus gerichtet, ich will ihn jetzt nicht ansehen.

»Es ist das Beste, Rick. Ich hoffe, wir haben noch nicht zu viel Zeit verloren und unsere Verfolger ahnen nicht, was ich vorhabe. Wir fahren jetzt zum Hafen, da wartet das Tagebuch und ein Schnellboot auf uns. Wir schippern mit dem Teil die 165 Kilometer bis nach Florida und nehmen von da den Flieger wieder zurück in die Heimat.« Er wartet auf eine Antwort. Ich habe keine. Mein Kopf ist einfach leer.

Er fährt los und während die pastellfarbenen Häuser und die Palmen am Straßenrand an mir vorbeiziehen, frage ich mich, was das sein soll. *Heimat*. Zuhause. Ohne Caro. Ohne meinen besten Freund, ohne meine Mutter. Ich wische mir die Tränen ab und schließe die Augen. Das Letzte, was ich sehe, bevor ich in den Schlaf sinke, ist ein gelber Bikini. Er ist leer.

18

»Wir sind da.« Schlaftrunken greife ich zur Türklinke.

»Rick, warte«, mahnt er mich. »Ich will mich erst umsehen.« Er steigt aus und geht um den Wagen herum, so als wollte er ihn inspizieren. Ich reibe mir den Schlaf aus den Augen. Viel kann ich aus meiner Position nicht sehen. Links von uns steht ein riesiges Reiterdenkmal. Rechts von uns ist das Wasser. Anscheinend stehen wir unweit des Hafenausgangs, denn ich kann das offene Meer sehen. Mit einem Boot zu fahren hat mir heute noch gefehlt. Mir wird auf dem Wasser immer schlecht. Das Schlimme ist, ich habe noch nichts gegessen, es wird also ein endloser Krampf werden, wenn ich mich übergeben muss. Ein Boot steht genau neben uns und ich muss sagen, es verblüfft mich. Es ist ein Ferrari-Boot und ich wusste nicht, dass es so etwas gibt. Ein Mann, ähnlich gekleidet wie ich, nur dass seine Badeshorts definitiv stylisher ist als meine. Würde Caro gefallen. Wahrscheinlich sogar der ganze Mann, obwohl sie immer so tut, als würden sie muskulöse Männer nicht interessieren. Der Mann schaut aufs Meer und ich glaube fest, dass er nur hier steht, um bewundert zu werden. Na gut, vielleicht wartet er auch auf jemanden. Seine Arm-

und Halsketten glitzern im Sonnenlicht. Ich merke, dass mich das ganze Ambiente dieses Kerls fasziniert. Mehr, als ich zugeben möchte.

»Da kommt unser Fahrer«, reißt mich Dirk aus meinen Gedanken. Mir kommt Landmann in den Sinn. *Du kannst Dirk sagen.* Was für ein Zufall. Mein Babysitter und mein Vater haben den gleichen Vornamen. Ein silbernes, sehr schnittiges Boot reiht sich direkt vor dem Luxus-Boot ein. Es ist insgesamt größer als der rote Flitzer, hat aber natürlich nicht seine Klasse. Wäre in unserer Situation auch völlig unangebracht.

»Ich würde sagen, die Luft ist rein, hier scheint uns keiner zu erwarten«, sagt Dirk, während er sich durchs geöffnete Fenster beugt.

»Wenn wir in den Staaten sind, sollten wir dir mal was zum Anziehen kaufen, außer dir gefällt es so, wie du gerade aussiehst«, sagt er und zwinkert mir zu, was mir langsam sehr sympathisch wird.

»Auf gehts.« Er schlägt auf das Autodach und wartet, bis ich ausgestiegen bin. Ich gehe um den Wagen herum und zusammen bewegen wir uns wie ganz normale Touristen auf das silberne Boot zu. Dirk sagt etwas, aber ich verstehe es nicht, da er es sehr leise tut. Beim zweiten Mal höre ich genau, was er sagt. Mein Körper scheint seine Worte eher zu begreifen als mein Kopf, denn ich fange an, schneller zu atmen.

»Mist, das ist eine Falle. Du musst jetzt so tun, als wäre alles in Ordnung«, nuschelt er mir zu, damit niemand sieht, dass er mit mir spricht. Mein Herz fängt an zu rasen.

»Schaffst du es, diesen Playboy von seinem Luxus-Boot zu entfernen? Ich hoffe, er kann schwimmen.«

»Ich hoffe«, krächze ich. Ich würde am liebsten einen Moment stehen bleiben und mich an Vater festhalten.

»Wenn ich los sage, begibst du dich auf den roten Flitzer

und entfernst den Typen. Du tust nichts anderes, egal was passiert.«

Wir nähern uns beiden Booten. Der Fahrer unseres Bootes steht mit dem Rücken zu uns. Ich kann ihn also nicht genau erkennen und trotzdem kommt mir seine Statur bekannt vor. Ich kann nirgendwo die Falle sehen. Keine weiteren Boote in unserer Nähe, kein Passant, der so nah ist, dass er uns gefährlich werden könnte. Die Wolken haben gerade die Sonne freigegeben, sodass sie mir unbarmherzig auf den Kopf strahlen kann. Als ob ich ohne ihr direktes Zutun nicht schon genug schwitzen würde. Komme mir gerade in meiner beigen Badehose ziemlich lächerlich vor. Garantiert ist meine Haut auch wunderbar gerötet. Der Mann, unserer Fahrer dreht sich langsam zu uns um. Auch wenn sein Käppi sein Gesicht im Halbdunkeln verschwinden lässt, erkenne ich ihn sofort. Mit der gleichen monotonen Stimme, die ich in einer Situation kennen lernen durfte, die ich mir gerne erspart hätte, spricht er meinen Vater an.

»Hallo Dirk, ich dachte mir schon, dass ich dich nicht wirklich überraschen kann. Schon im Flugzeug habe ich dich erst sehr spät erkannt ohne deinen Bart.«

Wir bleiben beide stehen, denn er hält eine Waffe auf uns gerichtet. Normales Szenario für einen wie mich, das merke ich schon alleine daran, dass mir gerade nicht wie sonst ständig die Luft wegbleibt. Hinzu kommt, dass ich mich mittlerweile ziemlich sicher in der Gegenwart meines Vaters fühle. Ich glaube, der hat in jeder auch noch so brenzligen Situation spontan einen Einfall, wie man da wieder rauskommt. Meine Herren, das hört sich an, als würde ich ihn schon ewig kennen. Aber die kurze Zeit hat anscheinend schon gereicht, ihn nicht mehr nur einfach als Dirk, sondern wirklich als meinen Vater anzunehmen.

»Du machst also immer noch die Dreckarbeit für deine

komische Verschwörungstruppe, die schon seit über 30 Jahren die Weltherrschaft an sich reißen möchte, aber immer noch irgendwo im Untergrund arbeitet. Muss schon blöd sein, dass euch immer noch keiner weiter kennt und ihr außer ein paar kleinen Gaunerein nichts so richtig auf die Kette bringt. Jetzt geht euch ganz schön die Düse, weil mein Sohnemann und ich etwas haben, was euer ganzes Kartenhaus mit einem Mal zum Einstürzen bringen würde.«

Die Miene des Mannes verzieht sich ins Boshafte. Er zieht seine Mütze etwas tiefer ins Gesicht, ringt nach Worten.

»Du hast uns damals schon verraten und was hat es dir gebracht? Dein ganzes Leben warst du auf der Flucht. Erzähle doch mal deinem Sohn, was du für ein jämmerlicher Verräter bist. Durch solche Leute wie dich ist unser System gestürzt worden.«

Vater lacht laut auf. »Herrlich, du hast dich wirklich nicht verändert. Im Gegensatz zu dir kann ich mich ohne Reue im Spiegel betrachten. Was soll das jetzt hier überhaupt? Willst du uns in aller Öffentlichkeit abknallen? Dafür fehlt selbst dir der Mumm. Pack deine Knarre ein und lass uns einfach unseres Weges ziehen. Aber denk nicht, dass du dafür eine Gegenleistung bekommst. Ihr werdet alle eure Strafe bekommen. Dein Name wird wahrscheinlich gleich als einer der Allerersten erwähnt.«

Mein Gott, ich verstehe nur Bahnhof. Zwei alte Stasi-Haudegen motzen sich gegenseitig an. Vater punktet aber gerade so richtig bei mir. Er hat Sohnemann gesagt. Ein bekloptes Wort, aber es hört sich schön an für mich. Am liebsten würde ich jetzt mitmachen bei der Konversation zwischen den beiden. Würde so etwas rufen wie: *Genau, leg die Knarre weg, mein Vater hat richtig was drauf, ehe du dich versiehst, kannst du dir eine neue Visage besorgen.* Na gut, das würde sich ziemlich albern anhören. Auf jeden Fall fühle ich mich stärker in seiner Gegenwart, als ich jemals war, oder jemals sein werde. Wir stehen genau zwischen den beiden Booten. Der *Ich-bin-der-Geilste*-Typ scheint sich weiter in seinem eigenen Glanz zu baden, denn er reagiert überhaupt nicht auf uns, was aber auch daran liegen könnte, dass er seinen roten Schwanzersatz gestartet hat. Der Motor ist fast noch lauter als der von dem Wagen, mit dem wir hierhergekommen sind. Keine Ahnung, was mit mir los ist, ob es das Adrenalin ist, das sich schon wieder in mir breitmacht, ob es die Kulisse ist, die irgendwie allem den Schrecken nimmt, oder ob es der Tatbestand ist, dass ich immer mehr Fan meines Vaters werde. Ich warte sehnsuchtsvoll auf sein *Los*, als ob ich plötzlich einer dieser Action-Junkies geworden bin. Holla, wenn mich jetzt Caro sehen könnte. Wenn es zur Zeit nicht viel gibt, das zwischen mir und meinem neu erworbenen Vater zu Diskrepanzen führt, seine Meinung über Caro stimmt null mit meiner überein. Andererseits vertraue ich schon seinem Wissen, seinem Instinkt und hoffe, er weiß, wo meine Caro ist und dass es ihr gut geht.

»Los!«, brüllt er. Da ist es endlich, das erlösende Wort. Hatte mich schon wie so ein Rennpferd vor dem Start gefühlt, das einfach nicht aus seiner Box gelassen wird. Ich sprinte auf die Mitte des roten Bootes zu und bekomme gerade so mit, dass ich mich gewaltig getäuscht habe. Das Ding steht wesentlich weiter vom Rand entfernt, als es aus meiner bisherigen Position ausgesehen hatte. Ich komme ins Taumeln, verpasse fast den Absprung. Stoße mich ab. Ich habe zwar die richtige Dosis Kraft in diesen Sprung gesetzt, komme aber unglücklich auf, sodass ich sofort wegrutsche. Freude und Wut geben sich in mir gerade die Hand. Unentschieden. Freude, durch das Wegrutschen treffe ich den Sonnyboy so in den Rücken, dass er sofort über Bord geht. Wut, durch das Wegrutschen schlage ich mit viel Wumms auf das Boot auf, ohne noch eine Möglichkeit zu haben, den Sturz abzuschwächen. Der Schmerz treibt mir die Tränen in die Augen. Mein Schrei wird vom Motor verschluckt. Einen Moment brauche ich, um die Orientierung wiederzufinden. Ich stehe auf, zumindest versuche ich das. Als ich mich mit der rechten Hand abstützen möchte, durchschießt mich ein weiterer Schmerzstoß. Vielleicht verstaucht? Hoffentlich nur verstaucht und nicht gebrochen. Irgendwie schaffe ich es, doch hochzukommen. Sehe meinen Vater und seinen Widersacher im Clinch. Sie ringen miteinander und haben nicht nur mit dem jeweiligen Gegner zu tun, sondern auch mit der Balance auf dem schaukelnden Boot. Mist, was soll ich jetzt eigentlich tun? Noch bin ich nicht so sehr im Agenten-Game involviert, dass ich jetzt wüsste, was zu tun ist. Die beiden stürzen wie ein Knäuel zu Boden, sodass ich sie nicht mehr sehen kann. Aus dem Augenwinkel sehe ich, dass Mister Braungebrannt versucht, in sein von mir geentertes Boot zurückzukommen. Ich renne zu ihm hin und mir ist bewusst, dass ein Tritt in seine Visage das verhindern würde, aber soweit bin ich noch nicht, diese Hemmschwelle zu überwinden. Also hocke ich mich hin und versuche, ihn am Kopf wieder ins Wasser zurückzuschieben. Diese mühevolle und wenig effektive Aktion von mir sollte dann Caro vielleicht lieber nicht sehen, sonst würde sie wahrscheinlich nicht mehr aus dem Lachen herauskommen.

»Rick, geh zur Seite.« Vater ist direkt hinter mir. Ich lasse den Kopf los, um meinen Vater das machen zu lassen, wozu ich nicht fähig bin. Er tritt einmal zu und ich hoffe, ich höre kein Knacken, weil kein Knacken da ist und nicht, weil ich das durch den lauten Motor nicht hören kann. Mit einem Mal bekomme ich mit, dass ich ja schon eine Weile auf diesem schaukelnden Ding stehe, und nur der Gedanke daran erzeugt einen Brechreiz in mir. Ist das bescheuert. Rick Enders Gehirn mal wieder in Hochform.

»Setz dich da hin und schnall dich an«, brüllt mir Vater zu, während er auf den Fahrersitz rutscht. Ich tue, was er sagt, und wundere mich kurz, warum ich mich in einem Boot anschnallen muss. Er gibt Gas, dann weiß ich es. Mit einer Wucht, die ich noch in keinem Fahrzeug erlebt habe, werde ich in den Sitz gepresst. Ich halte mich an irgendwelchen Stangen fest und bin mir nicht sicher, ob man das überhaupt machen sollte. Ich schaue zu ihm hinüber und staune, dass er bei dieser Armatur und den ganzen Hebeln und Knöpfen weiß, wie man dieses Teil bedient. Der Druck in den Sitz hört nicht auf und wird nahtlos zu meinem Magen weitergeleitet. Neben mir zersplittert etwas. Dann nochmal und nochmal. Der Typ schießt auf uns. Wir sind zu schnell, als dass er gezielt etwas treffen könnte. Wir fahren schon aufs offene Meer hinaus. Diese Geschwindigkeit macht es mir unmöglich, mich umzudrehen. Wir schweben auf dem Wasser und alle paar Meter schlagen wir auf. Es ist gigantisch, wie ein Rausch. Ich versuche, meinen Kopf tiefer zu bekommen, indem ich etwas runterrutsche vom Sitz. Durch den Gurt komme ich aber nicht weit. Es reicht, mich hinter der gebogenen Frontscheibe etwas zu schützen. Plötzlich werden wir langsamer und nicht nur das, wie fahren plötzlich nach links. Oh nein, was ist jetzt los? Hat der Typ doch etwas vom Boot getroffen, das uns langsamer werden lässt? Ich schaue zu Vater und weiß, dass das Boot nicht getroffen wurde. Er ist zu meiner Seite gekippt. Dabei hat er einen Hebel nach hinten gezogen. Der Grund, warum wir langsamer werden. Ich löse meinen Gurt, zumindest probiere ich es. Meine zitternden Hände erschweren den Versuch. Offen. Endlich. Ich versuche, meinen Vater wieder in die normale Position zu schieben, und spüre etwas warmes

Nasses an meiner Hand. Seine Schulter blutet. Er hat die Augen geschlossen, aber ich glaube, er ist nur ohnmächtig geworden.

»Dirk«, brülle ich und versuche, ihn ein wenig zu schütteln. *Vater* denken ist dann doch nochmal etwas anderes, als es laut zu sagen. Mein Rütteln an ihm ist auch eher halbherzig.

»Dirk, wach auf.« Ich rüttele ihn stärker. Die Augen bleiben geschlossen, auch sonst sehe ich kein Indiz dafür, dass er mich gehört hat. Das Boot ist mittlerweile fast vollkommen zum Stillstand gekommen. Nur das Motorengeräusch sagt mir, dass es hoffentlich noch fahrtauglich ist. Ich knie mich auf meinen Sitz, um mehr Halt zu haben. Dabei kann ich endlich mal einen Blick um uns herum werfen. Kein Hafen mehr, kein anderes Boot, nur mein Vater, der rote Flitzer und ich auf dem Meer, das, egal, in welche Richtung man guckt, kein Ende nehmen will.

»Vater«, brülle ich jetzt so laut, wie ich kann. Er öffnet die Augen und ich rede mir kurz ein, dass es nicht die Lautstärke war, die ihn hat wach werden lassen. Er blinzelt. Dann schaut er mich an.

»He, Junge, was ist passiert, wer bin ich, wo sind wir?« Oh nein, hat er jetzt seinen Verstand verloren?

»Du müsstest jetzt dein Gesicht sehen, Rick. Davon hätte ich gerne ein Foto« sagt er und röchelt, was aber auch ein Lachen sein könnte.

»Das ist ehrlich gesagt überhaupt nicht lustig«, sage ich und muss meine Tränen zurückhalten. Er versucht, sich zu bewegen. Ich sehe ihm an, dass er Schmerzen hat, aber ich höre keinen Laut von ihm.

»Rick, mein Junge, fass mal unter deinen Sitz, da müsste, wenn die Italiener ihre Boote nicht anders bauen, ein Erste-Hilfe-Kasten sein. Du musst unbedingt meine Wunde abdrücken und sie verbinden.«

Ich greife unter meinen Sitz und schaue ihn mit einem erschrockenen Gesicht an.

»Scheiße, hier ist nichts.« Dann pruste ich los und hole den Kasten hervor.

»Eins zu eins, würde ich sagen«, lache ich ihn an. Er versucht, sich wenigstens ein Lächeln abzuringen, zu mehr scheint er bei seinen Schmerzen nicht in der Lage zu sein.

»Bekommst du das hin, Rick?«

»Kein Problem, habe erst vor vier Monaten meinen Ersthelfer-Schein erneuert«, sage ich und fange an, ihn zu verarzten. Nachdem ich fertig bin, versucht er, sich seine jetzt verbundene Schulter anzusehen.

»Nicht schlecht, mein Junge.« Er lächelt. Wir schauen uns einen Moment an. Vater und Sohn auf dem Meer. Schöner Titel für ein Buch. Dann fängt er an, sich umzuschauen, so gut es mit seiner Verletzung geht.

»Okay, ich hoffe, dieser Schnösel, dem das Boot gehört, hat das Teil vollgetankt.« Er zeigt auf eine Stelle, wo man erahnen kann, dass dort eine Armatur drin war. Jetzt sind da nur noch zersplitterte Einzelteile zu sehen, die die Kugel übrig gelassen hat.

»Sehen können wir das nicht mehr. Aber wenigstens wurde nur die Tankanzeige getroffen. Es ist noch ein Stück bis Key West. Wenn wir Glück haben, treffen wir dort ein, wenn die Dunkelheit angebrochen ist. Auf jeden Fall möchte ich dann nicht mehr auf dem offenen Meer sein. Von dort müssen wir nach Miami kommen. Dort kenne ich jemanden, der uns alles besorgen kann, damit wir wieder zurückfliegen können.« Er drückt ein paar Knöpfe, bewegt einen Hebel etwas nach vorn und lenkt uns in eine Position, von der aus er den Hebel bis zum Anschlag nach vorne schiebt und ich wieder in den Sitz gepresst werde.

»Was meinst du mit *alles besorgen*?«, frage ich ihn brüllend, da man jetzt kaum noch sein eigenes Wort versteht.

»Papiere, Geld und vor allem dir was Ordentliches zum Anziehen.« Er kommt mit seinem Kopf etwas näher ran.

»Mann, Junge, wer hat dir nur deine Badehose ausgesucht, so etwas Hässliches kenne ich noch nicht mal von früher!« Er lacht schallend und ich kann nicht anders und lache mit.

»Das war Mutter!«, brülle ich.

»Gott habe sie selig!«, ruft er und bekreuzigt sich.

19

Das Flugzeug startet und das ist gar nichts gegen das Starten eines Schnellbootes. Was für eine aufregende Zeit, jedenfalls wenn man dem Ganzen etwas Positives abgewinnen möchte. Innerhalb kürzester Zeit Havanna, die Florida Keys und Miami. Auch wenn ich nun überall behaupten kann, dass ich dort schon war, es ist an mir vorbeigerauscht wie eine Reisereportage, die man so nebenher sieht.

Der Typ, auch ein Kubaner, der damals nach Amerika geflüchtet ist, war ziemlich in Ordnung. Er konnte sehr gut Deutsch und die paar Stunden, in denen wir seine Gastfreundschaft nutzen konnten, vergingen wie im Fluge, weil ich gebannt den Geschichten aus den guten alten Zeiten beiwohnen durfte. Lediglich seine Frau, eine mindestens zwanzig Jahre jüngere Amerikanerin, verdrehte die Augen. Ziemlich alkoholisiert zelebrierten Dirk und sein alter Kumpel ihre Geschichten. Wahrscheinlich hatte sie sich das schon unzählige Male anhören müssen. Zwischendurch warf sie immer ein, dass ihr Mann Dayron das letzte Mal die

Geschichten ganz anders erzählt hatte. Er stockte dann kurz und lachte laut auf.

»Kann sein, Baby, kann sein«, sagte er dann immer. »Aber meine neue Version ist doch auch ziemlich gut, oder?« Großes Gelächter.

Irgendwann tief in der Nacht klopfte es an die Tür und eine zwielichtige Gestalt übergab dem Hausherren ein Päckchen. Dort drin waren dann unsere neuen Papiere und etwas Geld. Mein Name war Gerd Schröder. Als ich meinen Reisepass in der Hand hielt, konnte ich nur den Kopf schütteln.

»Ein besserer Name ist euch wohl nicht eingefallen.«

Die beiden alten Haudegen sahen sich an und konnten dann nicht mehr vor Lachen. Der Name meines Vaters war aber auch nicht sehr originell, dem Ersteller der Dokumente war wahrscheinlich unheimlich wichtig, dass die Namen wirklich sehr deutsch klangen. Martin Schmidt würde er heißen, so lange, bis wir unser Zuhause wieder erreichen würden.

Ich tippe meinen Vater an.

»Wo ist eigentlich dein Zuhause?« Irgendwie habe ich die Antwort erwartet, die jetzt kommt:

»Ich bin überall auf der Welt zu Hause, aber wie du ja nun schon mitbekommen hast, mag ich die Wärme nicht so sehr, deshalb treibt es mich gerade in den Sommermonaten ins Skandinavische. Ich liebe die Kälte, ich liebe Eis und Schnee.« Er schaut nach vorne und bekommt einen verklärten Blick.

»Damals, als ich bei der Staatssicherheit in Ungnade gefallen bin und so schnell wie möglich flüchten musste, hatte es mich in die Tundra, damals noch UdSSR, getrieben. Dort verbrachte ich die schönsten Jahre. Einsam und immer kalt. Kurz vorher sah ich deine Mutter, die Liebe meines Lebens, zum letzten Mal.«

Ich setze mich auf. Apropos Mutter.

»Wo ist jetzt eigentlich das Tagebuch?«

Er räuspert sich. »Tut mir leid, aber das hat jetzt Roland«, sagt er traurig.

»Der Typ auf dem Boot, der Typ, der Caro ins Bein geschossen hat, der Typ, der den Überbringer des Schließfachschlüssels kaltblütig umgebracht hat?«

Er nickt nur stumm. Ich lehne mich wieder zurück.

»Hast du es gelesen?«, frage ich.

Er nickt. »Ja, teilweise. Sie hat es ewig nicht verkraftet, dass ich von ihr wegging. Ihr einziger Lichtblick warst dann du. So steht es dort geschrieben.«

Ich ziehe die Decke etwas höher, die uns kurz zuvor die Stewardess gebracht hatte.

Vater beginnt zu erzählen.

»Ich werde den Abend, als ich deine Mutter für lange Zeit das letzte Mal sah, nicht vergessen, schon alleine, weil ich einen nicht sehr rühmlichen Abgang hatte. Ich wusste, dass sie einen besonderen Auftrag erhalten sollte, von irgendjemandem sehr weit oben. Sie wurde auf Jürgen Ender angesetzt. Der Mann war eine große Nummer bei der Stasi, aber wurde denen immer mehr ein Dorn im Auge. Er war für die Schmutzarbeit zuständig, war sich für nichts zu schade. Aber seine Ausführungen wurden immer perverser und kaltblütiger. Das konnte man irgendwann nicht mehr unter den Teppich kehren. Man wollte ihn nicht loswerden, dazu war er zu wichtig und es gab niemanden, der so konsequent und effektiv war wie er. Aber man musste ihn kontrollieren. Da man genau sein Beuteschema kannte, was Frauen anbelangte, war deine Mutter genau die Richtige. Ich meine, wenn man sich mal überlegt, wie wir heute darauf reagieren, wenn wir aus anderen Ländern hören, dass dort Frauen zwangsverheiratet wurden ... Das ist ja nichts anderes als das, was sie mit deiner Mutter gemacht haben. Ja, ich weiß, du willst jetzt sicher aufbegehren und sagen, dazu könnte man sie nicht zwingen. Doch leider konnte man das. Ihre Mutter lebte damals noch, sie hatte noch zwei Onkel und eine Tante. Eine Cousine war da auch noch, soweit ich mich erinnern kann. Die waren alle in Gefahr, man hätte sie zum Beispiel nach Russland in die Zwangsarbeit gesteckt, oder hier einfach ins Zuchthaus. Das nannten die dann einfach Landesverrat. Da zuckten die nicht mit den Wimpern. Deiner Mutter blieb also nichts weiter übrig. Du kannst dir sicher vorstellen, wie mich das selbst zermürbt hat, denn ich hatte von dem Typen gehört, kannte alle seine Gräueltaten. Meine Liebe in den Händen von diesem Wichser zu wissen, war die Hölle für mich. Als ich deine Mutter dann am Sterbebett besucht habe, hat sie mir geschworen, dass er zu ihr korrekt war. Auch dich soll er wohl weitgehend in Ruhe gelassen haben. Er war wohl ständig unterwegs und hat überall rumgehurt, so blieb sie und auch du von seinen Eskapaden verschont. Ehrlich gesagt haben die Idioten da oben nichts von dieser Ehe gehabt. Kontrolle über ihn hatten sie nach wie vor nicht. Das war die Geschichte deiner Mutter. Die überschnitt sich mit meiner. Ich bekam Lunte von einer geheimen Gruppe bei der Stasi. Sie nannten sich die Krokodile und ich habe mich noch bis vor Kurzem gefragt, warum. Jeder von ihnen hatte ein Kettchen um mit dem Krokodil als Anhänger. Sie fingen an, Informationen zu sammeln. Informationen, die die DDR und vor allem die Stasi angreifbar werden ließen. Ich weiß nicht, ob du schonmal von den Rosenholz-Dateien gehört hast. Rund 350.000 Namen von Agenten und deren Umfeld, die auf dem Gebiet der Bundesrepublik ihrer Spionagearbeit nachgingen. Diese Datei ist ein Witz gegen den Mikrofilm, den du von deiner Mutter bekommen hast. Alle Daten, die diese

Geheimgruppe gesammelt hatte, sind da dokumentiert. Es war ein Riesenzufall, dass deine Mutter diesen Mikrofilm in die Hände bekommen hatte. Jürgen Ender musste flüchten, und das soweit weg, wie es nur ging, in dem Moment ging es nur um sein eigenes Leben. Diese Gruppe hat die DDR lange erpresst mit diesen Daten und konnte es ewig so aussehen lassen, als ob es eine Organisation der Amerikaner in Kuba war. Sie sind einfach nicht darauf gekommen, dass es die eigenen Leute waren, die sie da um Millionen von Valuta erpresst haben. Ender und seine Leute wurden auf mich aufmerksam. Erst wollten sie mich ausschalten, doch das schafften sie nicht. Also fingen sie an, mich zu denunzieren, sodass schon bald Mielke und seine engsten Mitarbeiter mich als Staatsfeind Nummer eins deklarierten. Da war dann plötzlich der gesamte Apparat hinter mir her. Dann kam die Wende. Alles beruhigte sich und jeder versuchte, mit dem Arsch an die Wand zu kommen. Diese Gruppe bestand weiter. Jürgen Ender kam zurück, als er dachte, dass man ihm auf der Spur war. Er hatte nicht geahnt, dass eine durchgeknallte Psychologin, die er damals in seiner schlimmsten Zeit vergewaltigt hatte, alles ins Rollen brachte. Diese Geschichte kennst du ja.« Er tätschelt mir den Oberschenkel.

»War bestimmt nicht leicht, mein Junge. Du hast Ender ja dann auch nochmal gesehen. Du musstest mit ansehen, wie er vor deinen Augen stirbt.«

Alle Bilder kommen zurück, ob ich es will oder nicht.

»Ja, und ich dachte, auch Sebastian hat sich in meiner Wohnung das Leben genommen«, flüstere ich. »Dann ist die Frau einfach wieder verschwunden, nachdem sie dieses Chaos verursacht hat. Weißt du, ob sie noch lebt?«

Er schaut mich verwundert an.

»Du weißt das nicht?«, fragt er und scheint wirklich überrascht zu sein.

»Was weiß ich nicht? Ich weiß anscheinend überhaupt nichts. Ich wusste nicht, dass mein Vater nicht mein Vater ist, sondern dass du es bist, ich wusste nicht, dass auch meine Mutter bei der Stasi gearbeitet hat, ich wusste nicht, dass Sebastian noch lebt und sein Tod nur vorgetäuscht war.« Meine Stimme klingt so, wie ich mich fühle, resigniert. Ich bin eben so ein Lappen, alle können mir etwas vormachen und wenn ich meinen Vater richtig verstanden habe, konnte auch Caro mir ihre Liebe vormachen. Aber das ist einfach Quatsch, das glaube ich einfach nicht, dafür gab es bisher keine Anzeichen.

Du hast sie vielleicht nur nicht gesehen, sage ich stumm zu mir.

»Mein Gott, Junge, ich dachte, du wusstest das. Spätestens als du mit deinem Freund dort in der Hütte warst. Dachte, er hat dir alles erzählt.«

Ich zucke mit den Schultern und schüttele meinen Kopf. »Vater, du sprichst in Rätseln.«

Er dreht sich zu mir.

»Die Neschlin und ihr Sohn sind zusammen, nachdem er seinen Tod vorgetäuscht und sie sich eines Verbrechens schuldig gemacht hatte, nach Kuba geflohen. Kuba liefert nicht aus, das war glaube ich der einzige Gedanke dahinter. Diese Frau ist mehr als nur eine angesehene Psychologin, sie hat auf der Suche nach ihrem Vergewaltiger ein riesiges Netzwerk aufgebaut. Da ist alles dabei, Polizisten, Angestellte verschiedener Geheimdienste, Politiker und so weiter. Die Frau hat Geld ohne Ende. Ich weiß immer noch nicht, wieso sie da auch mit drin steckt, bei der Jagd nach diesem Mikrofilm.«

Er hat recht. Es scheint ja nicht um ideelle Werte zu gehen, hier ist keiner dabei, der Daten als Whistleblower leaken möchte. Alle wittern nur das große Geld. Neschlin hat genug davon, aber Sebastian wahrscheinlich nicht. Ich spreche meine Gedanken laut aus und erkläre auch das ziemlich gespaltene Verhältnis zwischen Mutter und Sohn. Irgendwie scheint jeder alles für den anderen zu tun, andererseits scheint auch jeder dem anderen immer wieder Böses antun zu wollen. Die klassische Hassliebe.

Vater überlegt. Kratzt sich wieder mal am Ellenbogen.

»Da ist was dran, mein Junge. Sebastian hat, wie auch immer, von der Existenz dieses Films erfahren und wahrscheinlich sogar, dass deine Mutter in Besitz der Daten ist. Jürgen Ender war der Kopf der Krokodile. Er ist tot, ich glaube kaum, dass in dem Haufen noch irgendeine Struktur besteht. Alle sind in Goldgräberstimmung. Da wird jeder seine eigenen Geschäfte betreiben. So wie du von deinem Freund erzählt hast, hat er vielleicht seine Mutter instrumentalisiert, ihn zu diesen Daten zu führen. Nur seine Mutter ist wahrscheinlich dazu fähig gewesen, euch nach Kuba zu locken. Wahrscheinlich hat Sebastian auch so getan, als ob er als Geisel gehalten wird, sodass seine Mutter, um ihn zu retten, die Nummer mit dem Gewinnspiel abgezogen hat. Hat ja wunderbar geklappt, ihr seid beide in Havanna gelandet. Wahrscheinlich konnte Sebastian sein Glück nicht fassen, dass du sogar das Tagebuch mit den Daten dabei hast.« Er öffnet seine Mineralwasserflasche und nimmt einen langen Schluck.

»Da hätte ich aber mal zwei Fragen«, sage ich. »Wieso heißt diese komische Gruppe *Krokodile,* und welches Spiel soll nach deiner Meinung Caro darin spielen?«

Er dreht die Flasche wieder zu und dreht sie, während er spricht, in seiner Hand.

»Die erste Frage kann ich dir ganz schnell beantworten. Du warst doch sicher schonmal im Tierpark. Dort gibt es ein Krokodilhaus. Ich war selbst noch nie da, aber dort soll das Hauptquartier, wenn man es denn so nennen möchte, sein. Ja, ich weiß, die Antwort ist sehr unspektakulär.« Er stellt die Flasche wieder ab. »Tja, und was deine Freundin mit allem zu tun hat, da kann ich nur Vermutungen anstellen. Ich kann dir erstmal nur so viel sagen, sie ist nicht die, die sie vorgibt zu sein. Ich glaube, das Einzige, was stimmt, ist, dass sie Carola heißt. Alles andere sind Spekulationen und ich werde jetzt nicht weiter darauf eingehen. Eines Tages werde ich dir erzählen, welche Rolle sie spielt.«

Wow, das muss ich kurz verarbeiten. Undefinierte Gefühle schwappen in mir hoch. Das Anschnall-Zeichen blinkt auf. Wir landen in Kürze. Ich schaue wieder zu Vater.

Er schließt die Augen. Dann sagt er: »Seitdem du sie kennengelernt hast, spielt sie dieses Spiel. Sie wollte aus irgendeinem Grund dich kennenlernen und dir ihre Liebe vorspielen. Carola verfolgte von Anfang an einen mir noch unbekannten Plan. Aber ich weiß genau, dass es so ist. Da musst du mir leider vertrauen.«

Ich schaue aus dem Fenster. Betrachte die Stadt, die immer näher kommt, und fange an zu weinen.

20

Ich weiß nicht genau warum, aber ich möchte den Anrufbeantworter alleine abrufen. Deshalb versuche ich, das Blinken des Geräts zu ignorieren, und zeige meinem Vater, wo er schlafen kann und wo alles ist, was er benötigt. Ich hoffe nicht, dass es zur Gewohnheit werden wird, aber immer, bevor ich einen Raum betreten möchte, checkt Vater erst alles alleine ab.

So war es auch, bis wir in meine Wohnung gingen. Er schien es sehr akkurat zu tun, denn es dauerte eine Weile, bis auch ich meine Wohnung endlich betreten durfte. Keine Ahnung, wo er überall nachgesehen hat, denn unser Heim ist eigentlich ziemlich übersichtlich.

Nachdem ich nochmal nach seiner Wunde gesehen und den Verband gewechselt habe, verabschiedet er sich ins Schlafzimmer. Ich wollte auf der Couch schlafen, aber eigentlich bin ich gar nicht müde und warte nur darauf, dass er endlich schläft, um abzuhören, wer mich alles angerufen hat. Ich wundere mich, dass wir so unbehelligt nach Hause gekommen sind. Nach alledem, was bisher veranstaltet wurde, um an den Mikrofilm heranzukommen, finde ich das sehr merkwürdig und traue dem Ganzen nicht.

Plötzlich höre ich Geräusche. Hier, zu Hause, wo ich doch eigentlich ein gewisses Sicherheitsgefühl haben sollte, verkrampft sich sofort alles. Gut, ich bin also meilenweit entfernt davon, so ein cooler Typ wie mein Vater zu werden. Ich verhalte mich vollkommen ruhig, um herauszubekommen, woher die Geräusche kommen und ob sie überhaupt vorhanden sind. Da. Da sind sie wieder. Ich gehe langsam in die Richtung, aus der ich sie vermute. Als ich am Schlafzimmer ankomme, muss ich mich beherrschen, nicht laut aufzulachen. Mein Vater schnarcht und das in einer Art, die ich tatsächlich so noch nicht gehört habe. Lieber einmal umsonst gegruselt, als dann, wenn wirklich Gefahr besteht, es nicht mitzubekommen.

Ich haste wieder ins Wohnzimmer und schließe hinter mir die Tür. Zwanzig verpasste Anrufe, steht auf dem Display des Anrufbeantworters. Die ersten fünf sind von Landmann. Er hat kein einziges Mal eine Nachricht hinterlassen. Mein Handy und alles, was ich hatte, sind noch in Kuba, oder wahrscheinlich eher bei einem der Jäger nach dem Mikrofilm. Die nächsten zehn sind alle anonym und nur zwei dieser Anrufe haben eine Aufnahme. Dort ist aber jeweils nichts weiter als Rauschen zu hören. Eine Nachricht ist vom Beerdigungsinstitut, angeblich wäre noch eine Rechnung offen. Wundert mich, das macht doch immer Caro, also Rechnungen bezahlen, und sie geht da sehr gewissenhaft vor. Muss ich sie fragen, wenn sie wieder hier ist. Der Gedanke versetzt mir einen Stich in der Herzgegend. Was ist, wenn Vater recht hat? Wann hatte er einmal nicht recht? *Nein, nein, nein*, schreit es in mir. Es kann nicht sein, was nicht sein darf. Wir wollen doch heiraten und das war nicht mal meine Idee. Die nächsten zwei Anrufe sind Nummern, die ich nicht kenne, auch dort wurden keine Nachrichten hinterlassen. Die vorletzten beiden sind Anrufe meiner Therapeutin. Einer ist ohne Nachricht. Beim zweiten wollte sie sich nur erkundigen, wie es mir geht und mir sagen, dass sie für zwei Wochen auf einem Seminar ist und wir danach erst die Therapie weiterführen können.

Neunzehn von zwanzig Anrufen nur harmloses Zeug, obwohl ich natürlich nicht weiß, was Landmann von mir wollte. Ich drücke wieder auf den Playknopf. Die Stimme nennt Datum und Zeit und mein Puls wird schneller. Heute vor zwei Stunden wurde die Nachricht aufgesprochen von einer anonymen Nummer.

»He Babe, ich bitte dich, dich sofort, wenn du diese Nachricht hörst, auf den Weg zu machen.«

Oh mein Gott, es ist Caro. Ihre Stimme hört sich relativ normal an, ich hoffe, das bedeutet, dass sie nicht in Gefahr ist.

»Bitte schnapp dir den Mikrofilm, ich hoffe doch inständig, dass du ihn noch hast und nicht deinem Vater gegeben hast. Wenn dir etwas an mir liegt, tust du das sofort. Schnapp dir ein Taxi und fahr zum Tierpark, nicht zum Zoo. Auch wenn er schon zu haben sollte, wird dir geöffnet werden. Begib dich einfach zum Haupteingang, dort wirst du erwartet. Im Tausch bekommst du das Tagebuch deiner Mutter. Glaub mir, deine Mutter wusste gar nicht, was da drauf ist, hat blind deinem Vater getraut, der ihr sagte, sie sollte ihn gut verstecken. Ein paar Menschen, inklusive mir, wären in Gefahr, wenn dieser Film in die falschen Hände gerät. Bitte komme alleine, dein Vater ist für uns alle eine Gefahr. Ich muss mich beeilen und hoffe, dass wir uns bald wieder in die Arme nehmen können. Dann erzähle ich dir alles. Ist einfach alles blöd gelaufen. Ich muss jetzt auflegen. Ich liebe dich, Ricksi, und wenn der ganze Spuk vorbei ist, werden wir heiraten, vielleicht hier auf Kuba.«

Ende der Nachricht. Ihre Stimme hörte sich fast fröhlich an, wieso sagt sie dann, *wenn dir was an mir liegt*, wenn sie nicht in Gefahr ist? Ich renne in den Flur und horche, ob mein Vater noch am Schnarchen ist. Mir fällt ein Stein vom Herzen, er schläft noch. Kein Wunder, sein Alter, dann die Verletzung und die Aufregung, die wir zusammen hatten. Da wird auch ein alter Stasihaudegen irgendwann mal müde. Ich schaue im Flur nach seinen Schuhen.

Ich merke, dass ich schon blind mache, was Caro mir aufgetragen hat. He Mann, sie will mich heiraten, es ist alles okay. Sie wird für alles ihre Gründe haben. Wenn ich diese Gründe dann höre, werde ich ihr verzeihen, dass sie mich nicht eingeweiht hat. Ich glaube zwar nicht, so wie ich ihn nun kennengelernt habe, dass mein Vater für mich und für sie eine Gefahr ist, aber andererseits würde er nicht wollen, dass wir jetzt da hingehen. Ich klappe den Absatz zur Seite und schlucke. Er ist leer. Mist. Sollte ich in seinen Sachen suchen? Wenn er dann wach wird? Scheiße, ich muss improvisieren. Ich will Caro helfen und scheinbar habe ich nicht mehr viel Zeit dafür. Ich habe von Dayron 500 Euro bekommen, die stecke ich ein. Okay, für einen Bluff muss ich etwas in der Hand haben. Ich renne in die Küche und schnappe mir eine Filtertüte. Vielleicht wissen die ja bereits, dass es das Versteck war. Ich falte sie so zusammen, wie es mein Vater mit der Original-Tüte auch gemacht hat, und verlasse die Wohnung. He, auch ein Rick Ender hat mal Glück. Fast direkt vorm Eingang des Mietshauses steht ein freies Taxi. Ich reiße die hintere Tür auf und springe auf den Rücksitz. Ich höre das Klicken der Zentralverriegelung, aber mein Gehirn kann nicht sofort analysieren, was das zu bedeuten hat.

»Ich möchte bitte zum Tierpark.« Der Taxifahrer dreht sich zu mir um.

»Ich weiß«, sagt er mit ruhiger, vollkommen emotionsloser Stimme, die mir schon einmal Angst eingejagt hat. Da sind wieder die imaginären Hände, die sich um meinen

Hals legen und langsam zudrücken. Es fällt kein weiteres Wort, er fährt los.

An der nächsten Ampel versuche ich, meine Tür zu öffnen, bis mir wieder das Klicken einfällt. Ich bin so bescheuert, warum habe ich nicht auf meinen Vater gehört. Was geht nur manchmal in meinem Kopf vor? Das ist alles an Dummheit nicht zu überbieten. Auch mein Vater, falls ich ihn je wiedersehen werde, muss mich ja für vollkommen minderbemittelt halten. Kann ich das wirklich einfach so damit abtun, dass ich Caro so sehr liebe und in der Beziehung völlig blind bin? Sagen wir mal, mein Vater hat recht. *Er hat recht, wie immer,* sagt eine Stimme in mir. Dann hat von mir aus Caro ein Geheimnis. Vielleicht wird auch sie erpresst. Vielleicht geht das wirklich schon ab dem Zeitpunkt, wo wir uns kennengelernt haben. Nehmen wir das alles mal an. Dann weiß ich doch aber, was ich die letzten Jahre alles mit ihr erlebt habe. Außer die ganzen Crime-Sachen, die mir, die uns passiert sind, war es doch nicht anders, als mit Freundinnen, die ich vor ihr hatte. Nein, es war sogar besser. Also nehmen wir das alles mal an, versuche ich mich zu beruhigen. Dann wird mich Caro doch nicht in eine Falle gelockt haben, aus der ich nicht mehr lebend herauskomme. Das kann einfach nicht sein.

»Wir sind da«, sagt der Mann. Seine Stimme ruft wieder die Erinnerung hervor, als er Caro ins Bein geschossen hat. Ist also Caro doch in Gefahr? Sie wird doch nicht mit einem, der auf sie geschossen hat, gemeinsame Sache machen? Das ergibt mal wieder alles keinen Sinn. Oder ich bin zu dumm, das alles zu begreifen?

Meine Tür öffnet sich. Ich drehe mich zum Aussteigen zur Seite und bleibe noch einen Moment sitzen. Ich erkenne, auch wenn sich in der Umgebung viel verändert hat, den Nebeneingang des Tierparkes, am Schloss Friedrichsfelde. Langsam steige ich aus. Mein Herz schlägt mir bis zum Hals. Bin am überlegen, ob ich nicht einfach losrennen soll, aber da entdecke ich die Waffe in der Hand des Fahrers. Das sollte ich dann doch bleiben lassen. Was passiert mit mir, wenn die Leute mitbekommen, dass ich den Mikrofilm gar nicht habe, schießt es mir in den Kopf. Vielleicht war es ja doch nicht so dumm von mir, ohne ihn hier anzutanzen. Solange ich den habe, oder besser gesagt, solange die denken, dass ich ihn habe, lassen sie mich am Leben. Das ist jedenfalls meine Theorie.

»Hier lang«, sagt er und zeigt auf den Eingang, der gerade von einem anderen Mann aufgeschlossen wird. Mir ist klar, warum wir diesen Eingang nehmen, von dort ist es nicht weit zum Krokodilhaus. Das ist erst 1987 eröffnet worden, vorher waren die Krokodile im sogenannten Schlangenhaus untergebracht. Das bedeutet, dass auch die Gruppe in das neue Haus umgezogen ist. Vielleicht wurde es auch direkt für sie gebaut und die Krokodile sind nur Tarnung.

Für viele Menschen wäre es wahrscheinlich ein Traum, nachts in den Tierpark zu dürfen, für mich ist es einfach nur gruselig. Die Geräusche machen mir Angst. Das Haus schält sich aus der Dunkelheit, da es aus viel Glas besteht und von innen in einem diffusen Licht bestrahlt wird. Auch hier wird der Eingang von einem weiteren Mann geöffnet. Ich dachte, wir würden jetzt durch einen Nebeneingang in eines der Büros gehen, die es hier sicher gibt, aber ehe ich mich versehe, stehe ich mitten in den Tropen. Es ist nicht nur die Luft hier drin, die es mir schwer macht, zu atmen. Da war es in Kuba angenehmer. Die Luftfeuchtigkeit lässt mich keuchen. Ich schrecke zusammen, als etwas knapp neben mir durch die Luft fliegt. Ich hasse das. Ich mag keine Natur. Ich scheiße mich bei jeder Spinne, Maus oder Ratte ein. Ein Schulkamerad hatte damals einen Wellensittich, den er in seinem Zimmer frei fliegen ließ. Ich habe geschrien, als ich das erste Mal bei ihm war. Wenn der Typ, der hier das Sagen hat, mit meiner Angst spielt, dann kann er mit mir machen, was er will, dann ergebe ich mich ohne Gegenwehr. Dass ich sogar vor umherfliegenden Vögeln Angst habe, kann er aber nicht wissen und wenn doch, sollte ich mir mal wieder ernste Gedanken darüber machen, wem ich eigentlich trauen kann.

»Da ist er ja«, sagt jemand. Ich kann niemanden sehen. Drehe mich um. Niemand da. Der Mann, der mich mit vorgehaltener Waffe reingeführt hatte, ist auch verschwunden. Ich stehe alleine im Krokodilhaus. Ganz großes Kino. Wieder ertönt die Stimme.

»Der Sohn unseres Verräters.« Die Stimme kommt über einen Lautsprecher. Ich gehe ein paar Schritte weiter, obwohl ich lieber erstarren und die umherflatternden Biestern gar nicht erst auf mich aufmerksam machen möchte. Ein blöder Gedanke arretiert sich in meinem Gehirn. Was, wenn ich mich nicht bewege, dann nutzen die Tiere mich wie eine Pflanze oder einen Baum. Vielleicht sollte ich mich gerade deshalb heftigst bewegen, damit sie eher Angst vor mir haben. Oh Mann, Rick Ender, du hast Angst vor denen, warum sollten die vor deiner jämmerlichen Gestalt Angst haben. Ich nehme sämtlichen Mut zusammen.

»Wenn ich Sie richtig verstehe, geht es hier gar nicht um mich. Warum werden Sie nicht direkt bei meinem Vater vorstellig, statt sich hier irgendwo zu verstecken?«, rufe ich in die Richtung, wo ich ihn vermute, was natürlich der größte Blödsinn ist. Da die Stimme über einen Lautsprecher kommt, kann der Kerl sonst wo sein. Die Worte kamen einfach so heraus und ergeben eigentlich gar keinen Sinn. *Ja, Rick, dein ganzes Leben ergibt keinen Sinn.* Ein schallendes Gelächter lässt die verschiedenen exotischen Vögel regelrecht ausrasten. Ich schließe die Augen und versuche, meinen Kopf vor den Viechern zu schützen. Es ist ein Albtraum für mich.

»Herrlich! Du warst wohl zu lange mit deinem Vater zusammen.« Wieder sein ekliges Lachen. Wieder ein Geflatter und Gewusel um mich herum.

»Aber sieh dich doch mal um, vor allem sieh doch mal unter dich. Hier ist niemand, der dir helfen kann und …« Er hört abrupt auf zu reden.

Ich soll nach unten gucken, hat er gesagt. Ich stehe auf einer Brücke, das hatte ich überhaupt nicht mitbekommen. Unter mir gehen Lichter an und ich sehe in dem Moment, warum dieses Haus seinen Namen trägt. Krokodile versuchen als erste Reaktion auf das Licht, sich zu verstecken. Manche huschen ins Dickicht, andere wollen der unbekannten Gefahr im Wasser entkommen. Die Angst legt sich wie eine unsichtbare Kette um meinen Körper. Ich habe Mühe, meinen Atem zu regulieren. Meine Hände krallen sich in das Bambusgeländer. Egal, wie sehr ich mir versuche einzureden, dass die Echsen da unten sind und ich hier oben, die Angst hat sich festgesetzt. Mir wird schwindlig, alles um mich herum dreht sich. Meine Träume sind jetzt Wirklichkeit. Ich falle auf die Knie. Die schlimmste Panikattacke meines Lebens zwingt mich dazu. Mein Körper fängt an zu jucken, es wird immer stärker, aber ich kann mich nicht kratzen, weil ich wie gelähmt bin. Ich habe überall Schmerzen, Krämpfe durchziehen meinen Körper. Ich muss hier weg. *Los, Rick, steh auf und renne.* Versuche, auf die Stimmen zu hören, versuche, mich auf sie zu konzentrieren. Mein Gehör verschwindet, kommt mit einem hohen Piepton wieder zurück. Versuche, mich mit beiden Armen am Geländer hochzuziehen. Jetzt fängt die Brücke an zu schwingen. Mein Verstand sagt, das geht überhaupt nicht, aber ich sehe es doch und wenn ich die Augen zusammenkneife, fühle ich es. Wie aus weiter Ferne höre ich wieder die Stimme.

»Ich kann ja sicher davon ausgehen, dass du den Film gar nicht dabei hast. Den wird dir dein Vater abgenommen haben. Aber du wolltest den Helden für deine Freundin spielen, hast dich garantiert heimlich hierher aufgemacht, denn dein Vater hätte das nie zugelassen. Ach, Rick, du bist so vorhersehbar.« Er lacht, in meinen Ohren hört sich alles verzerrt an.

Die Erde will einfach nicht stillstehen. Die Brücke schwankt, als würde ein Orkan durch das Haus toben. Meine Klamotten sind durchnässt, als würde es hier regnen, und garantiert passiert hier nichts davon, ich bilde mir alles nur ein. Das Wissen, dass unter mir Krokodile nur darauf warten, dass ich zu ihnen runterkomme, erhöht meine Verzweiflung um das Hundertfache. Irre Gedanken schießen durch meinen Kopf und der schlimmste davon ist der, dass ich nicht mehr leben möchte. Es soll einfach alles vorbei sein. Jemand soll endlich den Stecker aus Rick Ender ziehen, damit er nicht mehr so leiden muss.

»Rick, was machst du da, komm zurück.« Mein Vater macht sich Sorgen, ich höre seine Stimme mehrfach, als würde ich in einer Schlucht stehen und das Echo von den Felswänden widerhallen. *Lasst mich doch alle in Ruhe.* Ich habe keine Orientierung mehr, torkle umher.

»Rick, Junge, komm zurück, was soll denn das werden?« Ich höre Donner, sehe Blitze, alles ist nass, ich befinde mich in einem Gewitter. Flüssigkeit läuft in meine Augen. Es brennt, es brennt. Ich kann nichts mehr sehen. Meine Augen, mein Gott, was ist das für ein Regen.

Plötzlich geht alles ganz schnell. Für einen winzigen Moment bin ich ganz klar. Der Regen ist mein Schweiß, die Blitze und der Donner sind Schüsse. Und dann, in diesem winzigen Moment, sehe ich, was mir zum Verhängnis wird.

Das Geländer ist nur hüfthoch und überall sind verschreckte Vögel. Ich schlage um mich, drehe mich, höre mich selber schreien, das entfacht die Panik in mir. Ich schlage hin, ziehe mich wieder hoch und dann finde ich keinen Halt mehr. Ich falle. Schlage hart auf und das Letzte, was ich sehe, sind diese Augen. Diese leblosen Augen eines Krokodils. Kurz bevor es dunkel wird, denke ich, oh ja, ich träume. Ich träume von Krokodilen, so wie ich es immer tue. Den Biss spüre ich nicht mehr.

21

Als ich das erste Mal die Augen öffne, sitzt Caro im gelben Bikini da. Sie lacht ihr glucksendes Lachen und erzählt und erzählt. Ich verstehe kein Wort, aber sie so zu sehen ist wunderbar.

Als ich das nächste Mal die Augen öffne, habe ich Durst. Schmerzen fegen durch meinen Körper. Ich sehe nichts als gleißendes Licht. Ich will etwas sagen, aber kein Laut kommt aus meinem Mund.

»Rick, mein Junge, willst du noch eine Woche schlafen? Mir tut schon der Hintern weh und der Kaffee hier schmeckt ekelhaft.« Ich muss lange blinzeln, bis ich mich an das Licht gewöhnt habe.

»Ich habe Durst«, kommt es zitternd aus meinem Mund. Meine Zunge ist belegt. Alles ist trocken und ich habe das Gefühl, als hätte ich Sand gegessen.

Vater sitzt neben mir auf einen Stuhl. Das Surren und Piepen der Geräte bekomme ich jetzt erst mit und mir wird klar, dass ich in einem Krankenhaus bin. Langsam dämmert es mir auch, warum ich wohl hier bin. Der Anruf von Caro, das Krokodilhaus, die Stimme über Lautsprecher, die mir jetzt im Nachhinein bekannt vorkommt, aber von der mir nicht einfällt, wo ich sie schon mal gehört habe. Ich erinnere mich an meine Panikattacke und das ganze Viehzeug, das dort rumgeflogen ist. Schüsse sind gefallen und ich war vom Angstschweiß durchnässt. Vaters Stimme und dann ... Na klar. Ich bin über die Brüstung gekippt. Aber ich lebe ja noch.

Eine Schwester tritt in mein Gesichtsfeld.

»Ich bringe Sie mal in eine bessere Position«, flüstert sie mir zu. Mein Kopf- und Rückenteil erhöht sich wie von Geisterhand, sodass ich in eine fast sitzende Position gelange. Ich selbst traue mich kaum, mich zu bewegen, weil ich überall Schmerzen habe. Vater hält mir einen Becher an den Mund und ich fange an, gierig zu trinken.

»Was ist passiert, ich weiß noch, dass ich runtergefallen bin. Aber da waren doch Krokodile unter mir, oder habe ich mir die mal wieder nur eingebildet?« Ich trinke auch den nächsten Becher aus, den mir mein Vater hinhält.

»Nein, hast du nicht«, sagt er mit einer komischen Stimme.

»Was habe ich nicht?«, frage ich, weil mir gerade nicht einfällt, was ich als Letztes gesagt habe.

»Dir die Krokodile nur eingebildet. Ich musste drei erschießen.«

Ich kann seine Stimme immer noch nicht richtig einordnen. So leise, fast ängstlich.

»Ich lasse Sie dann mal alleine, damit Sie reden können«, flüstert die Krankenschwester und verlässt den Raum. Sie und mein Vater verbreiten eine regelrechte Grabesstimmung. Ein Gedanke durchfährt mich schmerzvoll.

»Ist etwas mit Caro?«

Keine Antwort. Nein! Bitte, das darf nicht sein.

»Vater, sag mir sofort, was mit Caro ist!«, schreie ich ihn an und merke auf der Stelle, dass es zu anstrengend ist für mich. Er schaut mich an und seine Augen schimmern.

»Ich weiß nicht, was mit deiner Freundin ist, ehrlich gesagt ist es mir auch egal«, sagt er halb verärgert, halb traurig. Er dreht sich zur Seite, aber ich sehe trotzdem, dass ihm immer mehr die Tränen kommen.

»Es tut mir so leid! Wäre ich doch nur früher gekommen. Ich hätte es verhindern können, nein, verhindern *müssen*«, sagt er in einem klagenden Ton.

»Was? Was hättest du verhindern können?«, versuche ich zu brüllen, doch es kommt nur ein Krächzen heraus. Ich will ihn anfassen, ihn schütteln. Und dann sehe ich es. Jetzt weiß ich, was er meint. Ich sehe sie wieder, diese leblosen schrecklichen Augen. Plötzlich kribbeln meine Finger an der linken Hand. Es wird immer stärker, aber es kann gar nicht sein. Wieso spüre ich sie, wenn sie gar nicht mehr da sind. Mein linker Arm ist bis zum Ellenbogen weg. Ausgetauscht durch einen hässlichen, stark verbundenen Stumpen. Mein Vater gibt sich einen Ruck, versucht mit allem, was ihm zur Verfügung steht, seine Tränen wegzuwischen. Er atmet mehrmals hörbar ein und aus. Sein Körper strafft sich, als hätte er soeben eine Entscheidung getroffen.

»Es hilft kein Lamentieren«, fängt er seine emotionale Rede an. »Wir können das Rad der Zeit nicht mehr zurückdrehen. Der Arm ist weg, unwiderruflich. Aber ich habe mit dem Arzt gesprochen. In vier bis fünf Wochen werden sie anfangen, dir eine Prothese anzubringen. Du wirst lernen damit umzugehen, da werde ich dir helfen, ich werde nicht mehr von deiner Seite weichen.«

Meine Tränen kommen ohne Ansage und mit voller Wucht. Es ist das Wissen um meine Behinderung plus die Worte, die mein Vater sagt.

»Doktor Wegner sagt, du wirst in einem halben Jahr, aber spätestens in einem Jahr nicht mehr merken, dass dir da etwas fehlt. Die Forschung ist heute so weit, dass man vielleicht gar nicht mehr sieht, dass der halbe Arm nicht echt ist. Es ist sehr teuer und wir müssen in eine Klinik in der Schweiz, aber mein Junge, ich habe genug Geld, jetzt weiß ich, wo ich es gut anlegen kann.«

Er umarmt mich und es ist schön. Mein Vater. Mein leiblicher Vater. Sicher hätte ich mir andere Umstände gewünscht, um ihn kennenzulernen. Ich bin durch die Hölle gegangen, jetzt schon das zweite Mal. Wenn ich ehrlich bin, bin ich daran gewachsen und mit ihm an meiner Seite werde ich weiter wachsen. Ich bin gerade stolz auf ihn und sogar stolz auf mich. Ja, mein Gott, das mit dem Arm wird so werden, wie er sagt. Und sind wir doch mal ehrlich, irgendwie hat es auch was. Meine Gedanken lassen mich ein wenig frösteln. Was ist nur mit mir los?

Ich streiche ihm übers Haar. Schiebe ihn etwas von mir.

»Alles gut, Vater. Es wird schon werden.« Ich fange an zu lachen. »Weißt du eigentlich, dass ich schon von Kindheit an von Krokodilen träume? Nun wissen wir ja auch, warum, und so bescheuert es sich auch anhört, mit diesem Biss schließt sich der Kreis. Vielleicht werde ich mal Krokodil-Dompteur.«

Jetzt kommen bei uns beiden wieder die Tränen, aber diesmal sind sie vom Lachen.

»So, und nun muss ich wieder schlafen, das war jetzt ein wenig viel Aufregung. Und du gehst nach Hause, von mir aus auch zu uns.« Ich stocke. Caro. Vielleicht ist sie wieder zu Hause.

»Weißt du überhaupt, warum ich da im Tierpark war?«, frage ich ihn.

»Ja, ich habe den Anrufbeantworter abgehört und bin sofort los, in der Hoffnung, nicht zu spät zu kommen.«

»Ist dir ja gelungen, sonst hätte noch mehr von mir gefehlt.«

Mein Vater hat auch eine tolle Lache.

»Kannst du mir nun erklären, was das alles sollte? Hat mich jetzt Caro da hingelockt, oder wusste sie nicht, was mich dort erwartet? Ich verstehe es einfach nicht.«

Er wird wieder ernst.

»Das ist ja das Problem, ich verstehe es auch überhaupt nicht. Ich bin da angekommen, habe noch gesehen, wie du auf der Bambusbrücke wie ein Verrückter hin- und hergelaufen bist. Dann fielen Schüsse. Ich bin in Deckung gegangen, habe versucht, dich irgendwie zu erreichen. Habe dich gerufen, weil du immer orientierungsloser wurdest, und dann plötzlich stolperst du und fällst über das Geländer. Ich bin auch gleich runter. Drei von den Viechern sind zu dir geschossen. Ich habe versucht, alle drei hintereinander zu eleminieren, aber das eine war so schnell, dass ich es erst töten konnte, als es dir schon den Arm abgebissen hatte. Dann habe ich erst mitbekommen, dass nicht mehr geschossen wurde. Ich habe dich da hochgezogen und so gut es ging den Arm abgebunden. Plötzlich wimmelte es von Polizei, dieser Landmann war mit einer ganzen Truppe angerückt. Dann kam auch schon ein Krankenwagen und die haben dich mitgenommen. Ich musste da bleiben, der Kommissar hat mich befragt. Ich konnte ihm nach ein paar Telefonaten beweisen, dass ich nicht nur eine Waffe besitzen, sondern sie auch schussbereit bei mir tragen darf. Es war irgendwie komisch, man hat nur meine Kugeln in den Krokodilen gefunden, die Schüsse, die auf mich abgefeuert wurden, wurden nicht entdeckt. Er musste mich dann laufen lassen. Ich soll dich von ihm grüßen und ich soll ein Auge auf dich haben.«

Ich kann meinem Vater kaum noch richtig folgen, weil ich immer schwächer werde. Er hat mich gerettet und Landmann kam auch dort hin. Warum eigentlich? Aber das werde ich meinen Vater das nächste Mal fragen. Bleibt noch Caro.

»Weißt du irgendwas von meiner Freundin? Hat sie vielleicht nochmal zu Hause angerufen?«

Er zuckt mit den Schultern.

»Keine Ahnung, ich war die ganze Zeit hier«, sagt er ratlos.

Kann kaum noch meine Augen offen halten.

»Okay, ich schlafe jetzt.« Mein Bett geht wieder in die Waagerechte. Meine Augen sind zu, die Lider so schwer, dass ich sie auch nicht mehr öffnen möchte.

»Würden Sie so nett sein und mich morgen anrufen, wenn Herr Ender wieder wach ist?«, fragt mein Vater wahrscheinlich die Schwester, die wieder ins Zimmer gekommen ist.

»Nachts ist jemand anderes hier, aber ich sage Bescheid.«

»Vielen Dank. Schlaf gut, mein Junge, und träume mal von etwas Schönem.«

»Mache ich«, murmele ich.

Was waren das für aufregende Tage? Und jetzt liege ich hier mit diesem halben Arm. Was wird Caro dazu sagen, wenn ich ihr alles erzähle? Von Kuba, von Sebastian, von der Flucht und von dem Krokodil. Kurz bevor mich der Schlaf vollends im Griff hat, weiß ich plötzlich, wer die Stimme war, die ich im Krokodilhaus über die Lautsprecher gehört hatte. Dass ich nicht vorher darauf gekommen bin. Aber jetzt ist es mir egal. Ich will einfach nur schlafen. Ich werde es morgen Vater sagen, dass es Landmann war, den ich da gehört habe. Da wird er aber große Augen machen.

Ich weiß nicht, ob es der Beginn eines Traumes ist oder noch ein letzter Gedanke. Ich sehe Sebastian. Wie er auf dem Stein liegt. Das Blut, das sich eben noch unter seinem Kopf erstreckt hat, wird immer weniger, als ob es zurück in seinen Kopf gesogen wird. Dann dreht er sich zu mir und grinst mich an. Mein bester Freund.

EPILOG

8358 Kilometer entfernt, in einem anderen Land zur selben Zeit. Jeder, der an ihr vorbeigeht, sogar die Frauen, starrt die Frau im gelben Bikini an.

»Du hättest dir ruhig was anziehen können, das ist ja schon ein öffentliches Ärgernis«, sagt die andere Frau, die neben ihr auf einer Sonnenliege liegt. »Aber wenn ich dich so betrachte, dir scheint es regelrecht Vergnügen zu bereiten, dass dich jeder so angafft.«

»Ich muss sagen, ein wenig geil macht mich das schon«, sagt Caro und legt die Sonnenbrille zur Seite. »Was ist eigentlich mit diesem Carlos, der dich immer besucht, kann der nicht auch mal zu mir kommen, kann gerne noch einen Freund mitbringen.« Caro schaut zu Neschlin rüber.

»Das kannst du aber ganz schnell wieder vergessen, such dir deinen eigenen Typen. Hat es dein Rick nicht gebracht?«

Caro schmunzelt. »Nicht gebracht kann man nicht sagen, er hat es schon drauf, aber wird eben auf die Dauer langweilig. In seiner Gegenwart musste ich mich ja auch immer benehmen und das brave Frauchen spielen. Jetzt will ich mal etwas feuriges Vulgäres haben.«

Neschlin schüttelt den Kopf. »Mein Gott, was bist du nur für ein Flittchen.«

Caro lacht laut auf.

»Na, das sagt ja die Richtige. Ne alte Schachtel, die es früher mit ihrem Sohn getrieben hat und jetzt auf Kubaner steht, die nicht älter als 18 Jahre sein dürfen. Apropos, was ist mit Sebastian?«

»Seit wann interessiert er dich?«, fragt Neschlin verächtlich. »Er ist wieder bei Bewusstsein, aber man weiß noch nicht, ob da irgendwas zurückgeblieben ist. Könnte sein, dass ich einen Vierjährigen im Körper eines Vierzigjährigen wiederbekomme.«

Caro verzieht das Gesicht.

»Wenn das so ist, dann bleib mir bloß weg mit ihm, habe keine Lust auf so einen sabbernden Typen.« Caro streckt sich. »Wusstest du eigentlich, dass Sebastian sich selbst hat kidnappen lassen, damit du uns, also Rick und mich, hierher lotsen kannst? Sie sollten nicht so zimperlich mit dir umgehen, damit es echt wirkt, hat er ihnen befohlen. Was dein dummer Junge nicht wusste, dass es meine Leute waren, die er da angeheuert hat. Natürlich ohne mein Wissen. Wollten sich noch 'ne Mark nebenbei verdienen, diese Wichser.«

Neschlin schaut wütend zu Caro. »Die haben mich mehrmals getreten«, sagt sie erbost.

»Die liegen jetzt irgendwo im Niemandsland, mit weggeschossenen Gesichtern vergraben. Jetzt muss ich erstmal wieder neue Leute finden.« Caro ist vergnügt. »Ist das nicht herrlich«, sagt sie mit geschlossenen Augen und lächelndem Gesicht. »Jetzt habe ich alle da, wo ich sie haben wollte. Wie sagt immer dieser Typ vom A-Team, es ist schön, wenn ein Plan funktioniert. Und mein Plan funktioniert tadellos. Jetzt kommt bald das große Finale.« Sie kichert.

»Du warst und bist eine Hexe«, sagt Neschlin und grinst dabei.

»Irgendwie tut mir Ricksi auch leid, aber er und sein Drecksvater werden richtig leiden. Das haben sie doch verdient, oder?« Den letzten Satz sagt Caro mit einem Schmollmund.

Neschlin richtet sich auf, holt Luft und erhebt sich. Sie schaut zu Caro hinunter.

»Oh ja, das haben sie. Ich gehe jetzt aufs Zimmer, wenn du Carlos siehst, schick ihn bitte hoch, Kleines.«

Ende

DANKSAGUNG

Schön, dass wir uns hier nochmal lesen können. Ich hoffe, es war spannend und Sie freuen sich schon auf das Finale, das Ende Juni 2021 erscheinen wird. Sie wissen es ja sicher bereits, ich bin durch die Danksagung eines unserer größten deutschen Thrillerautoren zum Schreiben gekommen. Deshalb wird es keine Bücher von mir ohne Danksagung geben.

Man kennt das ja aus Filmen, da werden alle benannt, die am Film mitgearbeitet haben. Das schaffe ich nicht, aber dafür, im Gegensatz zum Film, benenne ich ein paar und schreibe auch, warum es so ist.

Fangen wir an, wie in jedem Buch, mit meiner Frau Antje. Es hört sich so kitschig an und vielleicht sagt der eine oder andere, nun ist ja mal gut, aber nein. Ohne **SIE** gäbe es dieses Buch nicht. Wir haben Haus, Hunde und ein Enkelkind. Überall muss etwas getan werden und das macht meine Frau. Ganz alleine. Ich weiß, dass sie mich oft verflucht, aber sie weiß auch, wie wichtig das Schreiben für mich geworden ist und ist ja auch begeistert, dass das

Bücherschreiben nicht so wie sonst nur eine fixe Idee von mir ist. Ich habe es jetzt schon dreimal durchgezogen und das überrascht und freut sie. Sie hält mir immer den Rücken frei und dafür danke ich ihr sehr. Ich verschwinde fast jeden Tag im Büro, bin manchmal nicht ansprechbar und, wie gesagt, tue hier zu Hause nicht wirklich viel. Nur so habe ich es geschafft, seit 2019 drei Bücher herauszubringen. Danke Antje, dass du für mich und meinen Traum die vielen Opfer aufbringst. Ach und Antje, ich weiß, das ist jetzt fies, aber du teilst ja meinen Humor: Ende März kommt das nächste Buch heraus. Der zweite **Leroy Johnson**, mit dem Titel ***Er hat es gesehen***. Ich bin dann mal wieder schreiben …

Der nächste Dank und die nächste Person, ohne die es diesen zweiten Teil nicht geben würde, ist Julia, meine Lektorin. Leute, ihr müsstet das lesen! Ihre Anmerkungen, die nicht immer nur reines Lektorat sind, sondern ganz oft Motivation. Sie rügt nicht nur, sie lobt auch (und das gar nicht mal so selten). Man sollte dazu sagen, dass Sie eher selten Thriller liest, und wenn sie dann etwas spannend findet, dann ist das wie ein Doppel-Lob. Sie ist schnell und gewissenhaft. Sie macht nur Vorschläge, ob ich es dann ändere, liegt in meinem Ermessen. Auch bei ihr habe ich es schon oft geschrieben, sie ist wie ein Sechser im Lotto mit Zusatzzahl und ich hoffe, sie wird mich noch ewig begleiten. Danke, Julia, von ganzem Herzen. Deinen Satz, nachdem du die Krokodilhaus-Szene gelesen hattest, werde ich nie vergessen.

»Aaaaah superstark! Die ganze Tropenhausszene war richtig gut! Gänsehaut! DAS ist das Roy-Jacoby-Feeling!«

Ingeborg, meine Cover-Designerin. Wow, ich reiße nur kurz an, was ich mir so denke, und sie kommt sofort mit den richtigen Vorschlägen, sodass ich schnell sagen kann, ja, das ist es. Ihre »Verpackung« wertet meine Geschichten nochmal kräftig auf. Auch dir möchte ich ganz doll danken, für deine schnelle und hervorragende Arbeit.

Meinen Testleser*innen möchte ich auch danken. Katrin, Tanja und Dieter. Bei meiner Art zu schreiben bekommen sie das Buch immer nur kleckerweise und ich weiß, dass ich sie damit immer sehr foltere. Es tut mir leid, aber nur so schaffe ich es, meine Geschichten schneller zu erzählen. Ich weiß, dass ihr alle drei mir wohlgesonnen seid, aber ich weiß auch, ihr habt beim Lesen nicht die rosarote Brille auf. Auch euch danke ich sehr.

Eine weitere Testleserin und kreative Begleiterin ist Andrea Schumacher. Oftmals fehlen mir die Worte, wenn du mir schreibst, wie sehr dir meine Bücher gefallen. Ich weiß, was du für riesige Päckchen mit dir rumtragen musst, und trotzdem bist du jederzeit für einen da. Das kann ich umgekehrt von mir nicht behaupten, da ich so oft mit mir selbst zu tun habe. Danke Andrea, ich hoffe, ich kann mich mal revanchieren.

Katrin M. möchte ich auch danken. Die Frau, die seit der 1. Klasse an meiner Seite steht und auch in diesem schweren Jahr immer merkt, wenn es mir mal nicht gut geht. Auch deine tonnenschweren Pakete kann ich dir nie abnehmen. Das ärgert mich, ich möchte auch jederzeit für dich da sein.

Katrin Lehmann, dieses Jahr ist schon nicht so einfach für uns beide. Du als meine Managerin kannst erstens durch Corona nicht so agieren, wie du es dir wahrscheinlich selber wünschen würdest, und außerdem hast du auch eine Sache zu wuppen, die jeden Tag größer wird. Ich danke dir, dass du trotz deiner eigenen wahnsinnig positiven Ereignisse immer wieder an mich denkst, mein Buch als Testleserin verschlingst und, wenn es deine Hormone zulassen, auch motivierende Worte für mich hast. Ich glaube daran, dass wir zusammen noch etwas Großes erreichen werden, und bin überglücklich, dich zu kennen und an meiner Seite zu haben. Ich hoffe, ich kann dich noch öfter zum Spucken (Insider) bringen, oder dich kurzzeitig vom Atmen abhalten (noch ein Insider). Danke Katrin, für alles.

Danke sage ich auch an meine Dresden-Lady Lisa M., Corona hat es bisher erschwert, aber eines Tages ist dieser Mist auch vorbei und dann kommen wir dich besuchen und ich knuddel dich einmal durch. Ich sage es gerne nochmal, wenn du nicht wärst, wäre ich nicht schon so sichtbar. Danke!

Zum Schluss noch im Schnelldurchlauf, einige Namen herausgegriffen, denen ich auch zu Dank verpflichtet bin:

Angela, danke für deinen Glauben an mich und deine Versuche, mich in den Buchladen zu bringen.

Amy, wenn ich mal wieder denke, ich bin zu alt für diesen Scheiß, dann denke ich an dich und weiß, dass es Blödsinn ist; danke, dass es dich gibt!

Danke Katrin Bobon, dass du mir einen Traum erfüllt hast und ich durch dich und deinen wahnsinnigen Einsatz meine erste Lesung abhalten durfte. Toll, dass es dich gibt und ich dich auch mal persönlich kennenlernen durfte.

Danke Mara, für deine tollen Feedbacks, ich bin jedes Mal baff, wenn du meine Bücher feierst. Danke, dass du in meiner Gruppe bist und an mich glaubst.

Danke Angelika, für unsere tolle Kommunikation, auch

wenn sie nur über den Facebook Messenger geführt wurde. Das hat mich immer aufgerichtet. Schön, dich an meiner Seite zu wissen.

Nicole B.,
Jessica P.,
Heiko F.,
Daria D.,
Gisela F.,
Alexandra A.,
Jeannette H.,
Sabine W.,
Sabrina E.,
Karin B.,
Xenia V.,
Vera D.,
Birgit L.,
Sarah P.,
Silke S.,
Cynthia P.,
Patricia W.

All die Namen sind stellvertretend für all die Menschen, die an mich glauben, kreative Ideen verwirklichen wie zum Beispiel Lesezeichen oder Mundschutzmasken, meine Bücher kaufen und mich mit positivem Feedback überhäufen. Ihr seid der absolute Hammer, oder besser gesagt, ihr seid unglaublich. **DANKE!!!!!!**

Einen Sonder-Dank an Romy Hausmann, für mich, mit Melanie Raabe, die beste Thriller-Autorin Deutschlands. Danke Romy, für deine Worte, die mich gerade wieder mal aus dem Nichts erreicht haben. So viele Tränen vor Rührung habe ich schon lange nicht mehr vergossen.

Und zum Schluss danke ich all den unbekannten Leser*innen, die meine Bücher kaufen und so tolle Rezensionen schreiben. Ich hoffe, ich kann euch noch lange mit meinen Geschichten spannende Lesestunden bescheren. Entweder Ende März beim neuen *Leroy-Johnson*-Thriller oder Ende Juni, wenn das Finale vom *besten Freund* erscheint.

ÜBER DEN AUTOR

Was wäre, wenn? Das ist die erste Frage, die sich der Autor stellt, bevor er einen neuen Thriller anfängt. So ist es auch bei seinem Debüt *Der beste Freund* gewesen.

Was wäre, wenn ich meinen besten Freund bei einem Mord überraschen würde?

Die Beantwortung dieser Frage wird eine Tortur für den Protagonisten und der Leser ist hautnah dabei.

Roy Jacoby wurde 1966 in Berlin geboren. Von Kindheit an war er kreativ unterwegs. Er sang in einem Chor, versuchte sich als Magier und war Mitglied einer Theatergruppe. Statt dann Schauspieler zu werden, wurde er Dreher, obwohl er handwerklich eine vollkommene Niete war. Nach zehn Jahren als Busfahrer bei der BVG hatte er endgültig die Schnauze voll und ging in die IT.

Im Juli 2018 las er eine von Sebastian Fitzeks Danksagungen und fand viele Parallelen zu sich selbst. Vor allem seine Frau stachelte ihn an, doch mal selber einen Thriller zu schreiben. Das tat er dann auch, die Idee zum Psychothriller *Der beste Freund* war geboren. Als er dann *Die Falle* von Melanie Raabe las, war es um ihn geschehen. So wollte er auch schreiben.

Das wird er jetzt bis zu seinem Lebensende tun, SCHREIBEN.

facebook.com/autorroyjacoby
twitter.com/RoyJacobyPsycho
instagram.com/royjacobyautor

Printed in Poland
by Amazon Fulfillment
Poland Sp. z o.o., Wrocław

66059212R00122